ブルーダリア
The Blue Dahlia

蠢く指は肌を粟立たせ、声を上げさせた。

彼の髪が内股を擦ることすら愛撫のようだ。

「へ…変な…」

声が上ずってゆく。

ブルーダリア

火《ひ》崎《ざき》 勇《ゆう》

ILLUSTRATION
佐々木久美子《ささきくみこ》

CONTENTS

ブルーダリア

◆
ブルーダリア
007
◆
おまけ
247
◆
あとがき
258
◆

ブルーダリア

ショックだった。

自分がどうにかなると期待していたわけではなかったけれど、『もしかして』という夢くらいは見ていたから。

たとえそれが『やっぱり』で終わったとしても、ショックであることは変わりなかった。

豪華な一流ホテルのロビー。

床に広がるアラベスクのカーペットと天井のシャンデリア。

ロビーには待ち合わせ用のソファが点在していたが、重厚で豪奢《ごうしゃ》な雰囲気に馴染《なじ》めないからと、ラウンジを探してゆっくりと歩いていた時に偶然見かけてしまった一組の男女。

女性の方はいかにも高級感漂う濃紺のドレスに身を包み、まるで映画女優のようにつばの広い帽子をスカーフで押さえて室内だというのに大きなサングラスをかけている。

だがどんなに隠しても、容貌《ようぼう》の美しさはシャープな頰《ほお》から顎《あご》にかけてのラインと形の良い唇だけでも想像が付いた。

その美貌《びぼう》と優雅な物腰は、恐らく自分よりは上であろう年齢を感じさせないほどだ。

でも俺《おれ》がその二人連れに目を奪われたのは、女性の美しさではなかった。

彼女を人目から庇《かば》うように側《そば》に立っている、男の方に目を止めたからだ。

長いたてがみのような髪の前だけを無造作にオールバックにし、スーツジャケットの袖《そで》を肘《ひじ》までまくり上げた、御婦人の隣にいるにはあまり相応《ふさわ》しいとは言い難い男。

不精髭《ぶしょうひげ》はあるが、背の高さと体格のよさからすると、女性のボディガードに見えないこともない。

けれど普通、ガードの対象者はボディガードの襟を直したり、髪を直したりはしないだろう？　しかもされた方がうるさそうにその手を払ったりもしないはずだ。

見たままでいえば、有閑マダムとジゴロ。

ただならぬ関係としか思えない。

そのことがショックだった。

女性に彼氏がいたことじゃない。

男性の方に彼女がいたことに、だ。

だって、俺はその男性を知っているのだ。

そして彼が、優雅なマダムとホテルで密会しているのを見ることは、驚きであり、認めたくないと思うほど、彼のことを好きだったから。

男性の名前は『東城塊《とうぎかい》』、俺が住むマンションの隣人だ。

しかもただの隣人ではない。

自分が心を傾けている相手、つまり、簡単に言えば片想《かたおも》いの相手なのだ。

男が男に片想いなんておかしいとは思うけれど、今の部屋へ引っ越して来て、彼の姿を見た時から、ずっと気になっていたのだ。

そして、最近では恋心なのかなあと自覚し始めていたところだった。

なのに、彼の不倫現場を見てしまうとは。

確証はないが、それは疑いようのない事実だ。

何故《なぜ》なら、相手の女性が既婚者であることも、俺は知っているのだ。

あれは経済誌だったか、女性誌だったか…。確かアメリカの石油王か何かの奥方で、優雅なセレブ生活という記事だった気がする。

どちらにしろ、東城さんの奥さんではないし、恋人でも家族でもないだろう。

「がっかりだな…」

二人が消えたエレベーターに背を向け、ほうっとタメ息を吐《つ》く。

もしかしたら、古い友人とか、遠い親戚《しんせき》という可能性も残されてはいた。

けれどそこまで自分の都合のいいように解釈しても、結果は最初からわかっていることだ。

東城さんは自分のような『男』を相手にはしない。今まで彼の周囲に恋人らしい女性の姿を見かけることがなかったから、夢を抱いていたけれど、現実に自分と彼がどうこうなれるわけがない。

いっそ、今ここであの姿を見たことはいいことだったのかも知れない。

これで半年近く抱いていたあまり普通ではない片想いに終止符を打つことが出来るのだから。

「白鳥《しらとり》、こんなとこに突っ立って何してるんだ？　先に着いたらラウンジでコーヒーでも飲んで待ってろって言っただろう」

背後から肩を叩《たた》かれ、ビクッとして振り返る。

一見神経質そうに見える、痩《や》せた眼鏡をかけた男性。

「成田《なりた》さん」

そこに立っていたのは待ち合わせをしていた上司の成田さんだった。

「今そのラウンジを探していたところです。そしたらちょっと知り合いを見かけたもので」

「見かける？　声はかけなかったのか？」

成田さんは笑いながら周囲を見回した。

「単なる隣人ですし、どうやら逢《あ》い引《び》きの最中だったようで…」

苦笑すると、彼もそれはという顔をした。

「『逢い引き』とは古風な言い方だな」

そして俺がそんな古風な言い方をした理由も察してくれたようだった。

「でもまあ、そういう時は見てみないフリをした方がいいだろうな。仲のいい人か？　男？　女？」

「男です。仲はまあまあ。便利屋をやってる人なんで、時々在宅の仕事の書類を届けてもらうバイク便の代わりを頼んだりしてるんです」

親しくなるためにではなく、それは純粋にだ。

どうにも間に合わなくて、引っ越しの挨拶《あいさつ》の時に貰《もら》った名刺を頼りに電話をかけてみたのが初めだった。

それが彼を知るきっかけではあったのだけれど。

「へえ、便利屋。でも白鳥のマンションの隣？　そんなに安いところじゃないだろう？」

「ええ。でも雑用や肉体労働だけじゃなく、色々やってるみたいですよ。簡単なデータの打ち込みだけならパソコン関係も引き受けてくれるみたいですし。今のプロジェクトの仕事は外注には出せないですけど、今度簡単なことなら頼んでみます？」

「ああ、それもいいかもな。何て名前だ？　その便利屋」

「東城塊って言うんです。東の城の塊って書くんです。よかったら使ってあげてください」

たとえ恋の望みがなくなったとしても、彼には側に居て欲しいと思う健気《けなげ》な気持ちで推薦する。

彼が適度に稼いで、安くはない自分のマンションの隣人で居続けてくれるように、と。

「いい名前だな」

「ですね」

その名も気に入っていたから、素直に頷《うなず》く。

「信用出来るのか？」

「俺はしてますよ。いい人です。ちょっと言葉は悪いですけど」

ついでに愛想もあんまりないんだけど…。

「じゃあ何かあったら頼むことにするよ、後で住所とか教えてくれ。それより、お茶を飲む時間がなくなったな、そろそろ会場に行かないと」

「もうそんなですか？」

「教授連中に挨拶があるからな。俺はそういうのが苦手だからお前について来て貰ったんだが、大丈夫か？」

「ええ、自分の役目はわかってますから」

成田さんに肩を叩かれ、俺は気持ちを切り替えた。

そうだ。

自分はここに遊びに来たわけではない。仕事のために来たのだ。

東城さんのことはショックだけれど、それは帰ってからゆっくり一人で悲しみに浸ればいいこと。

今は仕事優先にしないと。

「花は届けてあるな、白鳥」

「はい。言われた通り、オレンジ系のを。社名の『カイゼル』で。成田さんの名前は書かなくていいんですよね？」

「経費で落とすにはその方がいいんだ。ちゃんとしとかないと、ライバル社は多いからな。知ってるか？　ウチに引き抜きとか仕掛けてる連中もいるんだぞ」

「引き抜きねぇ…。俺には無関係ですね」

「白鳥はのんびりしてるからな」

「失礼な」

エレベーターは宿泊客のためのものだから、そこから離れて地下のボールルームへ続くエスカレーターへと向かう。

「他の客が来る前に、教授に話しておきたいことがあるんだ」

「教授に話、ですか？　何かトラブルでも」

「その反対さ。実は、今ちょっと気になるデータがあってな」

「気になる？」

「シミュレーションで、何だか奇妙な酵素を見つけてね。もしかしたら面白い結果が出るかも知れない」

「何です？」

成田さんは珍しくにやっとイタズラっ子みたいな顔で笑った。

普段会社ではそんな顔、したこともないのに。

「それはまだ秘密だ。ただ、もし俺の思い通りの結果が出たら、青いダリアが咲くかもな」

「青いダリア？　今俺達がやってるのってゲノムシークエンスのシミュレーションですけど、植物のなんてやってませんよ？」

「ああ、そうだ。だからこそ楽しいのさ。詳しくは今日広川《ひろかわ》教授に会って、ちゃんと話を聞いてからだ。聞いてみたら、当たり前のことかも知れないしな」

「はあ…」

「誰《だれ》にも言うなよ。白鳥だから話したんだからな」

「あ、はい。言うなと言われれば誰にも話したりしませんよ」

「よしよし」

上機嫌の成田さんは、それ以上は語らず、エスカレーターの最後の数段を待ちきれないというように駆け下りた。

「ほら、早く来い」

余程面白いことがあったのだろうな。

自分の気持ちは底辺を彷徨《さまよ》っているって感じだが、いつもはしかめっ面をしている上司の笑顔を見て、少し気が紛れた。

「待ってくださいよ」

今だけは、失恋のショックを棚上げに出来る程度には…。


白鳥唯南《いなみ》、二十五歳。

普通と違うカッコイイ人生を願いながらも、幾つかのことを除けばどこにでもいるような普通のサラリーマン、それが俺だ。

顔も特別不細工ではなく、特別ハンサムでもない。

いい顔してるとは言われるけれど、似顔絵を描く時には特徴がないと言われるタイプ。

背は高くなく、低くなく。満員電車に乗ると、一番息苦しいくらいの高さ。

でも頭は悪くなかった。

大学でもいい成績を挙げ、入社したのは外資系のコンピューター会社、所謂《いわゆる》ＩＴ企業のトップである『カイゼル』だ。

この『カイゼル』という会社はコンピューター関係のミドルウェア、ソフトウェアを扱う会社で、部門は多岐にわたっている。

その中でも特別なプロジェクト・チームに配属されたのは、自分にとってはご自慢だ。

自分達のオフィスに入るために二つもセキュリティ・ゲートを通り抜けなければならないというのは、ちょっとカッコイイだろう？

扱っているのはバイオインフォマティクスという、情報解析によって生命現象を紐解《ひもと》く仕事だ。

そう言うと難しそうに聞こえるが、まだ自分の立場はプロジェクト・チームの一番下。

システム・インテグレーターとしては、プロジェクトを統括するプロジェクト・マネージャーがいて、現場で個々のプロセスやモジュールを担当するサブ・リーダー、システム開発に携わるシステム・エンジニアとプログラマーがそれぞれ何人か集まって一つのチームとなる。

俺をパーティに誘ってくれた成田さんはトップクラスのシステム・エンジニアで、解析したデータを独立したサブシステムごとにプロトタイピングして勝手にシミュレーションをいじったりもしている。つまり、大きな仕事の中で、これといったアイデアが湧《わ》くと、自分で色々試すことができる立場の人だ。

けれど自分の仕事はその成田さんの下に付いて、彼が差し出したデータを言われた通りに毎日打ち込むだけ。

いつかは自分も彼のように自分で色々やってみたいとは思うけれど、それはもう少し、…いやまだまだ先だろう。

でも一流企業で重要なプロジェクトにかかわっている、というのは平凡な自分としては凄《すご》いことだと自負している。

そしてもう一つ自分が非凡だと思うのは、中学の時に両親が亡くなったことだ。

これは他人に言うこともないことなのだけれど、俺が修学旅行に行っている間に自宅にトラックが突っ込んで、家ごと全《すべ》てを失《なく》してしまった。

もちろん、当時は平凡だ、非凡だなどと考える余裕もないほどショックだった。

幸いなことに、ウチの父親には兄弟が多くいて、どの伯父さんも金銭的に余裕があり、甥《おい》である俺に優しい人達だった。

祖父母も、孫である俺を可愛《かわい》がってくれたので、大学を卒業してからもずっと祖父母の家に一緒に住んでいた。

だが今は祖母の体力がなくなったのを心配した伯父さんが二人を引き取り、古い家に若い男が一人住まいは何だろうと、半年ほど前に伯父の一人の持ち物である今のマンションに移らされた。

両親がいなくても、十二分にぬくぬくとした暮らし。

俺が頭だけはいい、と言い切れるのは、そんな人達の優しさに報いたいと思って、死ぬほど頑張って勉強したからだ。

そんな親戚や、両親が遺《のこ》してくれたものもあるし、仕事もあるし、生活は安泰。

だから十年も経《た》った今では、思い出そうとしなければ両親の死も遠い記憶の一つだった。

そして最後の一つ。

これが一番自分を平凡な人間にしていないだろうなと思うのが、性癖だ。

父親を早くに亡くしたからか、亡くした母の母性を女性に重ねるからか、俺が気にしてしまうのはいつも同性だった。

頼り甲斐《がい》のある年上の人に心惹《ひ》かれ、側にいたいと思ってしまう。

それでも、今までは告白したり付き合ったりすることはなかった。

というか、そういう気持ちは単なるファザコンなのだろうと軽く流し、ガールフレンドを作ったりもしていた。

『ああ、やっぱり自分は男性が好きなんだあ』と思ったのは、ここへ引っ越して来てからだ。

その相手が、東城さんだった。

引っ越しの挨拶に出向いた時、彼はいかにも寝起きという格好で出迎えた。

体格のよい引き締まった身体《からだ》を包むタンクトップ。唇の端に咥《くわ》えタバコ、顎にまばらな不精髭。見る人から見ればオッサン臭い格好と思うのかも知れないが、俺の目にはカッコイイと映った。ちょっとハードボイルドな感じで。

「白鳥？　随分カワイイ名前だな」

からかうように笑う顔も男っぽくっていい。

自分はひょっとしたら、こういう男になりたかったのかも。

「俺は東城だ。ここで何でも屋をやってる。何かあったら声かけてくれ」

見かけによらず愛想よく、彼はそう言った。

「何でも屋？　便利屋さんみたいなものですか？」

「まあそうだ。メシ作りに掃除、電機製品の配線、修理、その他何でもこなすぜ」

「へえ…。でも残念ながら料理洗濯は出来ますし、電気関係も不得手じゃないので、お世話にはならないかも」

「ほう、今時の若いのにしちゃエライな」

「若いのって…、東城さんもそんな歳《とし》ではないでしょう？」

「大学生よりゃ上さ」

引っ越しの片付けが終わったばかりだったから、その時スーツは着ていなかった。

青いTシャツにジーンズという格好だったし、髪もまとめてはいなかった。

でも卒業以来、大学生と間違われたのは初めてだ。

「それが俺のことを言ってるんなら、もうとっくに学生じゃないって訂正しておきます」

「新卒？」

「今年二十五になります」

「…そいつは失礼した。可愛い顔してるからつい」

本気ですまなさそうな顔をしてみせる。

悪い人じゃないんだな。ただ気を遣うタイプでもないようだけど。

「褒め言葉として受け取っておきます。東城さんもヤサぐれててカッコイイですよ。これからよろしくお願いします」

「ヤサぐれてる？」

「褒め言葉です」

片眉《かたまゆ》を上げて睨《にら》む彼ににっこりと笑うと、東城さんは『ほう』と頷いた。

「なる程、そういう軽口を笑って叩けるなら大学生じゃないようだな。こっちこそよろしく」

手を差し出されるから、握り返す。

その感触は硬く、デスクワークの自分とは全く違う、働く手だった。

こんな手に抱き締められたら、きっと心地いいだろうな。いつものように微《かす》かな憧憬《どうけい》で目上の人に心惹かれる。

でもその時はそれだけだった。

後日、エレベーターで乗り合わせたり、外で出会う度に挨拶を交わしたりすることもあったが、ほんの少し胸が騒ぐだけ。

特に恋愛を意識したり、告白したいと思いはしなかった。

近所の店の看板娘を通りすがりに眺めて喜ぶ、あんな感じ？

見かければいいなぁと思い、言葉を交わすとちょっといい気分になる。

その程度だった。

決定的だったのは、先々月のことだ。

午後から降り出した豪雨に追い立てられるように飛び込んだエレベーター。

先に居た東城さんにぶつかりそうになりながら交わす挨拶。

「今晩は」

「よう、ズブ濡《ぬ》れだな」

そう言って彼は手にしていたタオルを俺の頭に上にかけると、子供にするようにいきなりガシガシと拭《ふ》き出した。

「ち…、ちょっと、東城さん」

抱き寄せられるように飛び込んだ彼の胸元。

「会社員が風邪引いたらマズイだろう。安心しろ、汚いもんじゃねぇよ」

「いえ、そうじゃなくて」

タバコと汗の匂《にお》い。

近過ぎる身体。

即物的だと思うけど、俺はそれに反応してしまった。

だって、誰かの胸に抱かれるなんて初めてのことだったから。

父親はいないし、伯父さん達にだってこんなことされたことないし。ましてや周囲の先輩や友人がそんなことするわけもない。

逞《たくま》しい男の胸ってこんなカンジ？　なんて、乙女か俺はと自分で自分をツッこんだ途端、もの凄い音と共にエレベーターの中は真っ暗になった。

「…え？」

ガクンとした衝撃があって、箱も止まる。

「停電か？」

すぐにオレンジ色の非常灯がついたが、外ではもう一度、大きな雷鳴が響いた。

「…のようですね。近くに落ちたのかも」

タオルを持ったまま俺の肩を抱く彼の腕。

どうしてすぐに離さないんだろう。

いや、離れて欲しいわけじゃないんだけれど…。

「すぐに復旧するのかな？」

「無理だろう。ここいら一帯が停電したんなら、修理が来るにしても時間がかかるし」

言ってる間に、彼は非常用のボタンを押した。

「ああ、やっぱり停電だな。こいつも繋《つな》がらない」

「停電じゃなければ繋がるんですか？」

そんなことは当然だ。

でも自分の鼓動がどんどん速くなっていくから、何か喋《しゃべ》っていないと間が持たなかった。

「ここのインターフォンは管理人室に繋がるようになってるんだよ。だが反応もねぇしな。もうちょっと待ってりゃ何とかなるだろう。ワイヤーがどうかしたわけでもないようだし」

「ワイヤーがどうかするって…？」

「何か衝撃があって切れるとか、停止した途端ブレーキもかからず落ちるとかってこともある。だが今は問題ナシだ」

そう言ってから彼の手が離れたので、彼が自分を抱いていたのはそういう衝撃が来るかも知れないという危険を想像して、保護してくれていたのだとわかった。

「退屈だろうが、復旧するか誰かが来るまでここでおとなしくしてるしかねぇな」

「はあ…」

「怖いか？」

「え…？　いえ、別に…」

「じゃ、シャツを放してくれ、シワになる」

「あ…！」

いつの間にか握っていた彼のシャツの裾《すそ》を慌てて放す。

暗闇《くらやみ》も狭いところも、全然怖くなんかない。

そんなことをしていたのは、緊張した乙女心のせいだったのだろう。でも彼は誤解してクスクスと笑った。

「まあ男でも苦手なもんはあるわな」

そして俺は誤解を解こうとはしなかった。

事実を告げられるわけがないのだから…。

「どれ、座れよ。突っ立ってんのも疲れるだろ」

俺の頭を拭いたタオルを床に敷き、彼が先に床へ腰をおろす。

「せっかくだ、隣のよしみで少し話でもしようや」

「はい」

暗いから、肩を寄せて座った。

他にすることがないから、ポツポツと他愛《たわい》ない話をした。

外では暫くカミナリが鳴り続け、管理会社の人が来るまで三十分近く、蒸し暑いエレベーターの中で東城さんと二人きりだった。

その長いような短い時間の間に、俺は彼を意識してしまったのだ。

もともとカッコイイと思っていた下地はあった、男性が好きというのもあった。

性的な興奮物質でもあるフェロモンってのは、汗の中に含まれるから、空気のこもる狭い場所でずっとそれを嗅《か》がされてたというのも理由の一つかも知れない。

吊《つ》り橋《ばし》効果という、不安な場所に二人でいると緊張のドキドキを恋愛と誤解するっていう話も知ってたから、それなのかも知れない。

とにかく、俺はその短い時間の間に、初めて男の人と一緒にいることを意識し、同性にトキメイてしまったのだ。

我ながら単純だなぁとは思う。

もしもその状況に陥った相手が東城さんじゃなかったとしても、同じ気持ちになってしまったのかも知れない。

言い訳や理由づけはいくらでも出来るけれど、結果として自分が東城さんを見かける度に顔が熱くなったり、手に汗をかいたりするようになったのは事実なのだ。

そして、彼の腕にもう一度抱き寄せられたいなぁ、と妄想するようになったことも。

あんな状況、二度と起こるわけがない。

だから、彼の体温を感じることは二度とない。

そう思うとガックリしてしまうし、自分でチャンスを作れないかと考えるようにもなった。

これが恋愛なのかな。

終《つい》に俺はゲイになってしまったのかな。

別にそうなったらなったでもいいんだけど、恋が成就する可能性は薄いだろうな。

けれど、もしかしたらってこともあるし、恋人にはなれなくても友人くらいにならなれるかも。そうしたら、少しずつ距離を縮めていけるかも。

あ、いや、男同士ってそもそもどの程度のことをどうやってやるもんなんだ？

…などなど、毎日そのことだけで悩んだり、妄想したり。彼のことを考えるのが日々の張り合いになっているところだった。

その夢を全て打ち砕いたのが、あのホテルでの密会現場だ。

東城さんは遊んでそうな人だし、歳からしたって恋人の一人や二人いるだろう。

今までその影を見なかったこと自体が不思議なのだ。

でも、大金持ちの夫人と不倫。

これはインパクトがあるよな。

彼の相手は女性。

しかも選んだのは他人のものとはいえ、一流品。

女性で、美人で、プロポーションがよくて、金持ちで、俺よりも付き合いが長そうなライバルを見て、挫《くじ》けないわけがない。

チャンスがあれば自分にだって可能性があるかも、なんて儚《はかな》い夢。

彼の部屋との境の壁に手を付いて、彼の名前を呼びながら、おはようとかおやすみなさいなんて言ってるだけじゃ、当然の結果なんだけど…。

どうせ最初から可能性がないのなら、せめてこのまま心の中で彼を想《おも》い続けていよう。

ささやかな妄想の中でだけ、幸福を味わえばいい。

それが平凡な俺には似合いの恋だ。

男性でも女性でも、いつかもっと可能性のある恋愛をするまでは、今まで通り心の中でだけ彼を想っていればいい。

失恋のショックをそんなふうに受け入れ、ようやく自分に折り合いをつけた。

想うのは勝手。

心密《ひそ》かに、今少し彼に焦がれていようと。

なのに…。


「よう」

ホテルで彼のデートを目撃してから五日後。

会おうと思わなければ会わないで済む程度の付き合いと安心していたのに、偶然にも俺は件《くだん》の東城さんと玄関先で鉢合わせてしまった。

「…お帰りなさい」

こっちの気持ちも知らないから、彼はいつものように気軽に声をかけてくる。

いや、知らなくて当然なんだけど…。

「そりゃこっちのセリフだろう。お疲れだな」

笑顔じゃなくても、俺だからくれる挨拶じゃなくても、声をかけてもらえるだけで仄《ほの》かに嬉《うれ》しいと思ってしまう自分の健気さ。

「そうでもないですよ。今日は上司が休みで、珍しく早終わりだったんです。東城さんこそ、凄い荷物ですね」

「ああ、ちょっとな」

言いながら、彼は両手に二つずつ提げている紙袋を示した。中にはみっちりと何かが詰まっていて、随分重そうだ。

「それも仕事ですか？」

「ああ。懸賞の賞品だ。こいつを発送するんだよ」

「へえ、中身は何です？」

「Tシャツ」

不思議だよな。そんな細かい仕事でこんないいマンションに住んでいられるっていうんだから。時々手伝いらしい人は出入りしているけれど、部下とか社員もいないみたいだし。一体どれだけ儲《もう》かるもんなんだろう。

それとも、彼の外見からしてアブナイ仕事も受けてるとか？

…まさかね。

「手伝いましょうか？　部屋まで持って行くんでしょう？」

可能性がないとわかっていても、やっぱり声をかけてしまうのは惚《ほ》れた弱み。

「大した重さじゃないから平気さ」

「でも隣人として見過ごせませんよ、ついでですから一つ持ちます」

「…それじゃ、一つ頼むか。ボタンも押してくれるとありがたいな」

「もちろんいいですよ。ついでに、カギを開けるまで持ってますよ」

「ああ、そいつは頼む」

一つ受け取り、並んで乗り込むエレベーター。

エレベーターというと、あの時のことを思い出してちょっと緊張する。

もし今度二人っきりで閉じ込められたら、自分はもっと反応しちゃうだろうな。彼の手が自分に触れたらいいと思うようになっているのだから。

東城さんへの恋心を意識してから、男同士がどういう結末を望んでいるのかを調べてしまった。

そしてそれを気持ち悪いとは思わず、これが自分と彼だったら…、と想像してちょっとその気になったのだ。

それで自分の気持ちが決定的になったんだけど。

「白鳥は自炊してるんだっけ？」

「ええ」

「今からメシか？」

「ええ。昨夜作ったカレーがあるんで、それを温めます。東城さんは？　まだならおすそわけしましょうか？」

「美味《うま》いならな」

「失礼だな。…それなりです」

閉じ込められるようなこともなく、自分達の住む五階にはすぐ到着してしまう。

せっかくの逢瀬《おうせ》だけど、五分も経たずに終わり、だ。

「鍵《かぎ》、出す間そっちも持ちますよ」

手を伸ばし、見かけより重たくはない紙袋をもう一つ受け取ろうとすると、前屈《かが》みになった俺の襟元に、突然彼の手が伸びてきた。

「ひゃっ、何？」

指先が首に触れる。

それだけで顔が熱くなり慌てて身を引くと、彼はその手に水色の紙片を持っていた。

「クリーニングのタグ、取り忘れてたぜ」

「え？」

差し出されたのは確かに、クリーニング屋の仕分け用のタグ。

「あ、すいません」

今度は別の意味で顔が熱くなる。

何を期待してたんだろう。この人が自分に変なことをするわけがないのに。

「一日中付けてたのか？　こういうのを取り忘れてるっていうのは、彼女のいない証拠だな」

にやにやと笑う東城さんの顔。

俺が『好きな男に首筋を触られた』からではなく、『突然首を摑《つか》まれるかと思って怯《おび》えた子供』だと思ってるようなその顔。

「脱がなければ気付かないもんなんですから、仕方ないでしょう」

その方が意識されなくてありがたいんだけど、微かな男としてのプライドでムッとする。恋人がどうこうは別として、同等にくらい扱って欲しいじゃないか。子供扱いじゃ、視界にも入ってませんと言われてるようなものだから。

「白鳥は童顔だからな、会社でもボーヤ扱いされてるんじゃないか？」

「されてませんよ」

「だが連れ込む女もいないんだろう？　見たことないが」

「別に、友人を呼ぶのに触れ回る趣味はありませんから」

何にも知らないで。

俺に女っ気がないのは当然でしょう、ホモなんだから。

「焦って変な商売女を相手にするくらいなら相談しな。紹介くらいはしてやるぜ」

からかうセリフに更にカチンとくる。片想いの相手に女を世話するなんて言われて、喜ぶわけがないでしょう。

「そりゃ東城さんはよりどりみどりでしょうよ。でも俺だって全然モテないわけじゃないんですよ。それなりにガールフレンドぐらいはいたんですからね」

「ガールフレンドねぇ」

何でここで笑われるかな。

「何か？」

「いや、今時ガールフレンドって言葉を聞くとは」

「だって女友達はガールフレンドでしょう？」

「まあそりゃそうだな」

ドアの鍵を開けるために背中を向けても、東城さんが喉《のど》の奥で笑いを噛《か》み殺してるのはわかった。

そんなに笑わなくたっていいのに。

「俺が奥手で彼女がいなかったとしても、東城さんには関係ないでしょう。第一、あなたみたいに不倫するよりマシです」

好きな男にからかわれて、ついポロリと出た言葉。

「不倫？　俺が？　何時《いつ》？」

売り言葉に買い言葉というか、勢い余ってついと言うか。

「石油王の奥さんとホテル行くよりいいって言っただけです」

言ってはいけないとわかってはいた。

でもからかわれた意趣返しに、一刺しチクリと言ってやりたくなってしまったのだ。

それに、彼ならば図星をさされても『いいだろう？』と笑って受け流すかと思って。

だが彼は突然その顔から笑いを消し、俺の腕を取るとそのまま扉を開けたばかりの彼の部屋の中へと引き入れた。

「東城さん…っ？」

怖いくらい真剣な顔が近づく。

「誰に聞いた？」

マズったと思ったがもう遅い。

「別に、誰にも…」

「あてずっぽうで言ったわけじゃないだろ」

「それは…」

知られてはいけないことだったのだろうか。

そりゃ不倫なんだから、大っぴらに出来ることではないだろうけど。こんなに反応するとは思わなかった。

「どこで知った。どうして相手があいつだとわかった？」

あいつ…。

わずかに残っていた、何か仕事のお客様ではという望みも断つようなその呼称。

あの女性はやっぱり東城さんのプライベートな知り合いなのだ。しかも、親戚でも友人でもない、隠しておきたい関係の。

「東城さん、手を離してください」

強く摑まれた腕を軽く引く。

力は緩めてくれたけれど、離してはくれない。

「ホテルで偶然お見かけしただけです。あの日、俺もあそこに行く用事があって」

「チラッと見ただけで相手が誰かわかったのか？」

「雑誌か何かで見たんです。アメリカの石油王の奥さんだって書いてあるのを。美人だったから覚えていただけで、詳しくは知りません。でも…」

「でも？」

最後の望みを懸《か》けて口にしたセリフ。

「そんなに慌てるなら、不倫なんか止《や》めればいいのに」

不倫じゃない、友人だとか親戚だとか言って貰えないかと思っていたのに、彼は唇の端をシニカルに歪《ゆが》めて笑った。

「男と女の間には色々あるのさ」

まるでお子様にはわかるまい、というように。

「不倫はいいぜ、後腐れがなくて」

酷《ひど》い男の一言。

またそれが様になってるんだ、カッコつけて言ってるんじゃなく、さらりと言ってのける所が。

俺はきっと女だったら悪い男に引っ掛かる口だな。

「不道徳です。あの女性が好きで恋愛したいなら、離婚して貰うべきでしょう」

「あの金のかかる女を養うだけの稼ぎがない。それに、本気で恋愛してるわけじゃないさ」

「本気じゃないなら、そういう関係は止めるべきですね」

「はい、はい。お子様には刺激が強かったってワケだ。そのことは人には言うなよ。不埒《ふらち》な男と言われて仕事が減ると困る」

「他人のプライベートなんか言いふらしませんよ。いい加減手を放してください」

本当は触れられているのはどんな理由でも嬉しいんだけど、ここから帰るためには放して貰わなければならないからそう言った。

「ああ、悪かった」

あっさりと離れてしまう彼の手。でも残念な顔は出来ない。

「不道徳な男にカレーのおすそわけはなさそうだな」

にやっと笑うその顔に心が揺らいでも。

「して欲しいわけじゃないクセに」

「そんなことないさ、腹は減ってる」

「ピザでもとって食べたらどうです。荷物、ここに置きますよ」

「ああ、ありがとう」

足元に紙袋を置き、彼から離れて部屋を出る。

ドアを閉めた途端、身体の力が抜ける。東城さんを怒らせはしなかったけど、不倫を肯定されて薄れていたショックが蘇《よみがえ》って。

悪っぽくてカッコイイと思っていた人は、本当に悪かったわけだ。今時不倫は『悪』と言い切ってしまうほど悪いことではないんだろうけど。

あの口ぶりじゃ、きっと何人もの女性と関係を持ってるんだろうな。

でも考えようによっては、ノリが軽いからいつか自分も相手にして貰える可能性が…。

「…ばかっぽい考え」

言い出す勇気もないクセに、何が相手だ。

鍵を開け、今度は自分の部屋へ。

「カレー、持ってってあげようかな…」

諦《あきら》めが悪いと言われても、まだ繋がりを求める自分。

心の中で『ばーか、ばーか』と繰り返す。

ホント、バカだよ。勇気もチャンスもないクセに何時までもうじうじして。諦めたほうがいいのに、何でそれが出来ないかな。

まだそれ程親しいわけでもないし、彼のいい所も悪い所も知ってるわけでもない。好きだ恋だと言ったって、先の展望もないんだし、簡単なことのハズなのに…。

まだ、さっきは言い過ぎましたと謝罪のフリしてカレーを持って訪ねてみようかとか、一緒にご飯を食べたいって素直に言ってみようかなんて考えてる。

彼なら、あれが社交辞令でも鼻先でドアを閉めるようなことはしないだろう。一度くらい勇気を出してみようかって。

…だが、勇気なんか出す必要もなく、俺はその二分後、手ぶらで彼の部屋を訪れた。

「東城さん！　東城さんっ！」

狂ったようにチャイムを慣らし、ためらいも恥じらいもなく、扉を開けて姿を現した東城さんに抱き付いた。

「白鳥？」

彼が好きだからではなく恐怖から。

「どうしましょう…」

震える指で彼のシャツに縋《すが》り付いた。

それしか考えられなくて。


俺の話を聞くと、東城さんはすぐにタクシードライバーのような白い布の手袋をはめて俺の部屋へ向かった。

「行かないで」

と止める俺の言葉も聞かず。

一人でいるのが嫌だったから、彼の背中に張り付くようにして一緒に戻る自分の部屋。

玄関を入ってすぐのキッチンは朝出て行った時のままだが、その奥は…。

さっき自分の目が見たものが夢ではなかったと思い知らされる光景。

開けっ放しのクローゼット、中に掛かっていた服は散らばされ、タンスの中身も同様に全て引っ張り出されている。本棚の本もブチ撒《ま》けられ、床は足の踏み場もない。

朝、ここを出た時には何も変わったことなどなかったのに…。

「白鳥、俺の部屋へ行け」

「…でも」

「俺の部屋から警察に電話しろ」

「…やっぱり、泥棒でしょうか?」

「これ見て違う理由が浮かぶんなら言ってみな」

「…ですね」

警察に電話しなければならないのはわかっているし、ここより東城さんの部屋の方が安全だとわかっているのに彼から離れることができない。

もしもここを襲った賊がまだどこかにいたら?

俺の部屋にだって入れたのだから、彼の部屋にもいるかも知れない。

人の部屋をこんなふうにぐちゃぐちゃにした人間が悪意以外のものを持っているとは思えなかった。

もしその人物が襲って来たら…。

視界に入る荒れた室内が、彼のシャツを摑んだ手を放させなかった。

「白鳥」

振り向いた東城さんと目が合う。

彼の腕が俺を抱き締める。

「大丈夫だ」

優しく、すっぽりと。

でも今は胸がときめくどころではない。

犯人が目の前にいるわけではないのに、気持ち悪くなるような恐怖がこびりついているからだ。

「何かあったら大声を出せ、すぐに行くから。怖かったらドアを開けたままでもいいし、鍵をかけて閉じこもってもいい」

「ええ…。わかってます、大丈夫です」

しっかりしなきゃ。

俺は男なんだし、もうここに侵入者はいないのだから。

「警察ですよね。住所と、泥棒が入ったって言えばいいんですよね？」

平気なフリをしようと思った。

驚いてしまったけど、もう大丈夫ですと笑おうと思った。

でもそれが上手《うま》くいかなかったのか、彼は離れようとした俺の腕を取って、もう一度肩を抱いてくれた。

「…わかった。一緒に行こう」

優しい言葉。

子供にするような、柔らかい言葉。

「いいえ、一人で大丈夫です」

心配かけちゃダメだと思うのに、その腕がありがたい。

「いいから、気にするな」

動揺を消し去れない俺と違って、東城さんは落ち着いていた。

自分の部屋の隣に泥棒が入ったというのに、恐怖など微塵《みじん》も見せない。

俺の肩を抱いたまま彼の部屋へ連れ戻り、ソファへ座らせてくれると、手を握ったまま電話を取った。

出前の電話をかけるように一一〇番をして、焦る様子もなく受話器の向こうの人物に事態を説明し始める。

「もしもし、警察？　…ええ、泥棒です。住所は…」

声には震えもなかった。

事務仕事をこなすかのように淡々《たんたん》と話をしている。

その抑揚のない落ち着いた声と、握ってくれる手の温かさが次第に俺を冷静にさせる。

「いいえ、俺は隣人です。賊が入ったのは三〇四号、今本人は俺の部屋にいます。三〇三です。はい、お待ちしてます」

電話を終えると、彼は手を放していいかというように俺を見た。

慌てて力を抜くと、彼が部屋を出てゆく。

でもそれすら、俺を見捨てたのではなく、温かなコーヒーを取って来るためだった。

「飲め」

渡されるカップの温かさ。

「ありがとうございます…」

口に含んだ苦み。

手がカップで塞《ふさ》がれているから、そっと膝《ひざ》の上に置かれる手。

ああ、彼は大人なんだな。

年齢とかそういうのではなく、経験値が高いという意味で。

自分のように特別なことを知らず、非凡なことに憧《あこが》れながら、実際それが起こるとおろおろする子供とは違う。

さっきは性的な経験に対する無知を子供扱いしてからかったくせに、こういう人生経験の差ではからかったりしない。

それどころか自分が長じているからとこちらを守ろうとしてくれる。

「後で警察にも聞かれると思うが、盗まれたものはわかるか?」

「…わかりません」

「泥棒に入られる理由を考えつくか?　最近デカイ買い物をしたとか、大金をおろしたとか」

「いいえ、何にも」

「そうか」

「誰かに連絡するか？　親とか」

「親はいないんです。早くに亡くなって」

「…それは悪いことを聞いたな」

「いえ、もう本当に昔のことですから。それに、伯父や祖父母が大切に育ててくれましたから、『可《か》哀想《わいそう》な子供』だとは思わないでくださいね」

「思わねぇよ。こんな甘ちゃんに育ったんだから、可哀想なわけがない」

彼が笑うから、やっと緊張が解ける。

「だが意外だった」

男女平等とか、女は強くなったと言われても、決定的なところで男はいつも『男なんだから』という扱いをされる。

泣いてはダメとか、危ないことは先にやれとか。

成人するとそういう線引きはもっと如実になって、誰かに全てを頼ることは出来なくなる。

大人の男になる、というのは誰にも泣き言を言わずに一人で立つことだ。それが出来ないうちはいくつになっても子供なのだ、とわかったのは社会人になってからだった。

友人や、上司や、恩師は、慰めの言葉をくれる。

けれど全てを自分に預けて楽になっていいよ、とは言わない。

『大人』になってしまった者が『子供』に戻って『助けて』と言える相手を見つけるのは希有なことだと思う。

普通なら、親とか、幼い頃《ころ》を知っている親戚とか、そういう人達だけだろう。

なのに、単なる隣人で、赤の他人であるはずの東城さんから、俺は『大丈夫だ』という安心感を貰っている気がした。

この人がいるから、俺は怯えてもいい。

成すべきことがわからず、ただ怖がっておろおろしていてもいい。

自分に代わってこの人がちゃんとやってくれるだろう、と。

それは自分の勝手な思い込みかも知れないけど、今側にこの人がいるというだけで、自分の中の恐怖が消えてゆくのを感じた。

そして程なく警察がやって来ると、それが単なる思い込みではなかったことに少なからず驚いてしまった。

説明すら上手く出来ない俺と警察の人の間に入って状況を説明したり、警官が苦笑いするような的確な質問を投げかけるのだ。

曰《いわ》く。

「三階の、一番端じゃないこの部屋だけに入るのはちょっと不自然ですね。窓ガラスも割れてないし、住人が帰って来た時には鍵はかかっていたそうです。となると、侵入経路が問題でしょう？　それに、金目の物を探すにしては部屋の中を引っ掻《か》き回し過ぎてる。まるで特別の目的を持って何かを探してるかのようです」

言われてみれば理屈の通る疑問なのだけれど、洞察力があるというか何というか…。

そして彼の言葉を聞いていると、今夜警察の人達が帰った後にここで一人で眠るのが怖くなってしまった。

確かに、俺は鍵を開けてここへ入った。

ということは、侵入者は合鍵を持っているか、簡単に鍵など開けられるということになる。

もしも眠っている間に再び『そいつ』が戻って来たらどうしよう、と。

伯父さんの家へ連絡してそっちに泊まってもいいけれど、泥棒に入られたなんて知れたらきっと心配するだろう。

年寄り達にも心配はかけられないし、いっそ近くのホテルへでも泊まったほうがいいのかも。

侵入される心当たりはあるのかとか、合鍵は誰に渡しているのかとか、何時部屋を出て何時戻って来たのかとか。

刑事ドラマのような質問を幾つもされた。

紙に書いてある答えを読むようにそれらに答えると、警官はその全てを何かに書き付けていた。

「わかりました、通帳や貴重品でなくなった物は今のところないんですね？　それでは取り敢《あ》えず、なくなった物がわかったらそれを列記して被害届を出してください」

それが最後の言葉だ。

怪我《けが》がなくてよかったとか、大丈夫ですよと言うおざなりの慰めをくれたけれど、彼等《かれら》は東城さんほど俺を安心させてはくれなかった。

当たり前だ、彼等は犯罪者を捕まえるためにいるのであって、俺を支え、守ってくれるためにここに来たのではないのだから。

家中に指紋採取の粉を振り撒いた後、警察の人達はそれをそのままにして帰って行った。

随分長い間滞在していたと思ったのに、彼等が帰ってから時計を見ると、まだ一時間程度しか経っていなかった。

「白鳥」

普通じゃないことには憧れるけど、こういう非凡はいやだなぁ。

「掃除、しなくちゃ…」

「明日でいいだろう。腹は減ってないか?」

「うん、でも明日になったらきっともっと脱力しちゃうから、今やります」

「じゃあ後にしろ。鑑識が掃いた粉は鉛だ、中性洗剤じゃないと取れないから面倒だ」

「でも…」

「俺が腹が減った」

東城さんはぼんやりしてる俺の腕を取って、部屋から引っ張り出した。

「人間、腹が減るとロクなことを考えん。まず腹ごしらえしろ。そしたら片付けは俺も手伝ってやるから」

頭を撫《な》でる手。

ちょっと乱暴で、とても優しい。

いやだな…。

この人はノーマルで、俺のことなんか眼中にないってわかってるのに、こんなふうにされるとどんどん惹かれてしまう。

エレベーターの時もそうだったけど、どうしてこの人は俺が不安を感じる時側にいて、その不安を吹き飛ばしてくれるんだろう。

「カレーが盗まれてなけりゃ、そいつを俺んとこへ持ってって食おうぜ」

「カレー盗むような泥棒なんかいません…よ…」

だが驚いたことに、冷蔵庫を開けるとその中も、グチャグチャだった。

鍋《なべ》ごと入れていたカレーは、全部零《こぼ》れて冷蔵庫中にカレーが滴っている。

「何で…」

こんなとこに金目の物なんてあるわけがないのに。

扉を開けたままがっくりと膝を付くと、彼の手がまた頭を撫でた。

「…今夜はピザにするか。一人じゃ頼み辛いから、お前が来てくれるとありがたい」

その手に、縋ってしまいそうな程身体から力が抜けてゆく。

「俺…、何かしたのかな。誰かと間違えられてるのかな…」

「白鳥」

「だって、俺なんて平凡なサラリーマンで、今まで一度だってこんな目にあったことないのに」

受け止めてくれる人がいるから、思わず零れる愚痴。

いや、愚痴だけじゃなく、涙まで零れそうだ。

「自分が気づいてないだけで、誰かに悪いことでもしたのかな。これじゃ、物盗りじゃなくて嫌がらせだ…。もしストーカーとかだったら伯父さん達の家にも行けないし…」

伯父のところには祖父母もいる。

老人達に迷惑はかけられない。

「それなら俺んとこへ来るか？」

「…え？」

顔を上げると、東城さんはもう一度繰り返した。

「暫く俺んとこに住むか？」

どうして…。

それはすごく嬉しい申し出だけれど、俺達の間にはそんな親密さはなかったはずなのに。

それとも、これもまた彼の優しさと強さのせい？

「誰かと間違えられたかもって言っただろう。ひょっとしたら俺の部屋と間違えたのかも知れない。俺は色んな仕事をしてるしな。だとしたらこうなったのは俺の責任だし」

「そんなことあるわけないでしょう。乱暴に押し入った人間ならそんな間違いはするかも知れないけど、綺麗《きれい》に鍵開けて、部屋を隅々まで引っ繰り返すような念入りな人間が、部屋を間違えるなんて。もしそうだとしても、入ってすぐに気づくはずです。俺の部屋はどう見たってサラリーマンの一人暮らしだもの」

「まあ、そうかも知れない。じゃあ言い直そう。俺はこの一件にちょっと興味が湧いた。白鳥が言うところの『フツーのサラリーマン』の部屋を、これだけ念入りに探す理由ってのが何なのか。もちろん、お前が首を突っ込まれたくないって言うなら、俺としては無理強いはしない」

侵入されたのは俺の部屋で、その理由はわかっていない。

どうやって入ったのか、その方法もだ。

なのにこのまま彼の世話になるというのは、彼に迷惑を持ち込むことになるんじゃないだろうか？

「まあすぐに返事しなくていい。ピザでも食いながらゆっくり考えな」

彼の真意がどこにあるのかわからない。

彼はもしかしたら賊に心当たりがあるのかも知れない。

それでも、俺はこの申し出に対する答えを既に出していた。

「ほら、行くぞ」

だって、俺はこの人が好きなんだもの。

答えは一つしかあるはずがなかった。


『そりゃ大変だったな。今日は俺が何とかしとくから、安心しな。どうせ成田さんも休みだからデータの打ち込みだけだし、誰も文句は言わないさ』

翌日、泥棒が入ったことと、その後片付けがあるから仕事を休みたいと会社に電話を入れると、先輩の山川《やまかわ》さんはそう言ってくれた。

成田さんが今日も休みだというのは気になったけれど、あの人がいなければ仕事が進まないのもわかっていたから少しは気が楽になる。

何せ俺や山川さんはデータを打ち込んでシミュレーターを動かすだけだが、あの人はそのシミュレーションを組む人なのだから。

拾われるように東城さんの部屋へ迎え入れられた俺は、その夜彼の部屋に泊まった。

警察が来る前には気が動転していて周囲を見渡す余裕もなかったが、落ち着いて見回すと彼の部屋は自分の部屋とは全く違っていることに驚いた。

まずその広さだ。

てっきり同じタイプの部屋だと思っていたのに、どうやら東城さんの部屋は二部屋を繋いで、更に自分で改装したらしく、間取りも違う。

自分の部屋はよくある縦長の2LDKなのだが、彼の部屋は入ってすぐに広いリビング。そのリビング以外の部屋に繋がる四つの扉。つまり4LDKというわけだ。

その中で俺が見ることが出来たのは二つだけ。

一つは彼の寝室で、もう一つは書庫とでも呼びたいような、様々な本やDVDが山積みされた部屋。残りの二つは仕事に関するものだから入らないようにと注意されたし、見たところ鍵がかかっているようだった。

俺はあまりインテリアとかに詳しい方ではないが、部屋に置かれている家具はどれも安くはないものばかり。

来客のために見栄を張ってるのだと言ってはいたが、ソファは革張りの柔らかいもの。敷いてあるラグも毛足は短いが触り心地はバッグン。

ここにいると、不精髭のある顔ですら、上品な面差しに見えてくる。基本的には手入れを怠ってるだけで整った顔ではあると思うけど。

何でも屋ってこんなに儲かるものなのか、実は彼は金持ちの御曹司なのか。

疑問を直接口にすると、彼は笑いながら俺と同じようなものだと言った。

「遅く出来たガキだったんで、親はとっくに死んだのさ。その保険金でここを買ったんだ」

どこまで本当かわからないが、だとしたらやっぱり亡くなった御両親はある程度裕福だったのだろう。無頼漢のような東城さんからは想像し難《にく》いが…。

その晩、彼は怖くないようにと俺を彼のベッドに寝かせてくれた。

俺以外の誰かのために買い入れたであろう広いベッドに。

ただ、彼は一緒には入って来なかったけど…。

だが翌朝、目を覚ました時には隣にいて、心臓が飛び出しそうなほど驚かされた。

何もないとはいえ、好きな男と一つベッドなんて。

嬉しくて、暫く寝たフリをしていたほどだ。

彼の睫毛《まつげ》が長いのも、彫りが深いのも、たっぷり堪能《たんのう》させて戴《いただ》いた。

そんな俺だから、彼の誘いに対する答えは決まっている。

「親戚にも心配かけたくないので、暫く置いてもらえますか?」だ。

彼は歓迎するよと言ってくれ、書庫にしている部屋を使っていいと言ってくれた。

仕事を休む旨の電話を会社に入れたし、鍵も開けられにくいディンプル・キーというのに替えて貰うことにして、一日がかりで大掃除（鍵の交換には暫く時間がかかると言われたけど）。

その間、彼は俺の部屋を色々調べ回っていた。

こういうの、怪我の功名って言うのかな。

泥棒の恐怖は消えないけど、東城さんと同居は素直に嬉しい。

ただ二人きりでいると、何を話題にしていいかわからないくらい緊張はしてしまうんだけど。

「東城さん、今日は仕事ないんですか？」

なんて、わざわざ聞かなくてもいいこと聞いてしまうし。

「ああ、後でやるさ。それより、ここでタバコ吸っていいか？　灰皿ねぇみたいだけど」

「あ、いいですよ。ちょっと待ってください」

自分は吸わないから、一応は禁煙の部屋なのに、聞かれていいそとあまり使わなかった小皿を彼の元に届ける。

受け渡す時に指が触れると、それすら意識してしまう。

「泥棒の侵入経路とか、色んなこと知ってるんですね」

「ん？　ああ、探偵の真似事《まねごと》もするしな」

「探偵の？」

「ストーカー退治とか、失《う》せ物《もの》捜しさ」

「ああ」

彼はタバコを咥えると、一応『いいか？』という目で見ながら床へ腰を下ろした。

吸ってる人にはわからないであろう強いタバコの匂いが部屋に広がる。

以前伯父さんが来て吸った時、その匂いが暫く取れなくて嫌だなと思ったけど、人間って単純。

東城さんのタバコの匂いだと思うとそれもまあいいかな、って思ってしまう。

「なあ、白鳥。お前本当に泥棒に心当たりないいんだな？」

「え？　ええ。あったら昨夜警察の人にちゃんと言ってますよ」

「じゃあ、これくらいの物を最近手に入れてないか？」

彼は火の着いたタバコを口に咥えたまま指で手のひらサイズの四角を作った。

「いいえ。でもどうして？」

「カレーの鍋が引っ繰り返されてたからさ。カレーの鍋の中に隠せるようなサイズの物を捜してたってことだろう？」

「あれ、嫌がらせでやったんじゃないんですか？」

俺も掃除の手を止めて彼の前へ腰を下ろす。

「そうじゃないいな。少なくともこの荒らし方は『何か』を必死に捜し回った証拠だ」

「『何か』って何です？」

「そいつは俺もわからん。だがその『何か』が見つからなくて侵入者は必死だった。そいつは小さいからどこにでも隠せるサイズなんだろう。だからタンスや本棚や冷蔵庫も開けた。白鳥がなくなったものがないって言うなら、それはお前が気づいてないような些細《ささい》な物か、お前が持っていないが、持っていると思われた物なんだろう」

「俺が持ってると思ったもの？」

東城さんの口からぷかりと煙が吐き出される。

ちゃんとその時に顔を背けてくれるところがまた優しさっぽくってツボにはまる。

「たとえばお前の友人が持ってるとか、家族が持ってるとか。そいつとお前が接触してるところを見られたとか。さもなけりゃ店屋で何かを買ったところを見られたとか」

「ここのところ家族には会ってませんし、友人って言っても会社の同僚くらいですね。彼等から何かを貰ったことはないです。店屋っていうとワイシャツとプリンターのインクと万年筆を買ったくらいかなあ」

「それは今あるか？」

言われて買ったものをそれぞれ捜しに立ち上がる。

乱れた部屋であっても、ただ床に散らばされただけなので、それ等はすぐに見つかった。

「あります」

「お前、会社で何してるんだ？」

「会社ですか？　データの打ち込みです」

「そいつは重要で金になりそうなものか？」

「…なるとは思いますが、会社の仕事は家に持ち帰ることは出来ないです。社外持ち出し禁止ですし、セキュリティが厳しいので」

「ディスク一枚？」

「ディスク一枚。可能性があるとすれば会社のパソコンから俺のパソコンにデータを送信するくらいですが、そんなことしても社のパソコンに履歴が残って、後できつく怒られてしまいますから。わざわざそんなことしませんよ」

「パソコンか…」

彼は辺りを見回し、テーブルの脇《わき》に投げ出されたパソコンに目を止めた。

「あいつ、開けてみたか？」

「いいえ。投げられたみたいなんで、動くかどうか後で見てみようとは思ってますけど」

「じゃ、今見てみろ」

「今すぐですか？」

「ああ」

命じられて、床に落ちていたパソコンをテーブルの上に載せ、スイッチを入れる。

キューッという微かな作動音がして、画面は瞬くように明るくなった。

よかった、壊れてはいないようだ。

「最近、何に使った？」

「何って…、メールとか、ゲームとか、買い物程度ですね」

「仕事のことには？」

「使いません。俺にはよくわからないですから」

「自分の仕事なのに？」

俺は困ったように苦笑した。

「えっとですね。俺の仕事はデータの打ち込みなんです。ですから自分の知識と関係なく渡されたデータを打ち込むんです。全然わからないってことはないですけど、わざわざ自分でその内容を調べてみたいと思うようなことでもないんです」

「今は何のデータを打ち込んでる？」

「それは言えません。社外秘ですから」

「そうか」

メールをチェックしても買い物してる店からのが二件と、学生時代の友人から週末暇なら連絡くれというのしか入っていない。

ネットの方の履歴をチェックしたが、誰かが勝手にこれを使ってどこかへアクセスしたということもないようだ。

「中身、何か特別なもの入ってるか？」

「入ってないですね。せいぜいが先々月旅行に行く時に立てたスケジュールくらいです。後はハードを信用してないんで大抵ディスクに焼いて保存しておきますし」

「そのディスクは？」

「あそこの棚に…」

ぐしゃぐしゃになった本棚へ目をやり、初めて俺はそのことに気づいた。

落とした画像や、データをまとめて置いておいたディスクが一枚も残っていない。

「あれ…？」

落ちた本の下にあるのだろうか。

俺は立ち上がり、床に散った本を片付けてみた。

だがディスクも、何枚かあったＭＯも、一枚も残っていない。

「ないのか？」

ガサガサといつまでも本を引っ繰り返していた俺に、彼が聞いた。

「ないです」

「重要なものは中にあったか？」

「いいえ。ほとんどプライベートなものですから。写真とか色んなサイトの画像程度です」

「だが一枚もなくなってる」

「…はい」

「ってことはそれが目的だったのかもな」

気持ち悪い。

「俺なんかの写真がですか？　落とした画像なんて誰でも見られる動物のとか観光案内みたいなもの

ばかりですよ？」

「お前に価値がなくても盗んだ相手には重要だったってこともある。たとえば何げなく撮った写真の中に浮気現場が写り込んでいた、とかな」

なる程…。

「後で警察に行ったらそのことも伝えておけ。カメラは残ってるか？」

「あそこにあります」

「中身は？」

すぐにチェックしたが、先々月に行った旅行の写真は丸まる残っていた。

「見せてくれ」

学生時代の友人達とのバカ騒ぎの様子を見られるのは恥ずかしくてちょっとためらったが、俺は素直にそれを渡した。

東城さんなら、何かを見つけてくれるかも知れない。

目的もわからず追い回される不気味さを払拭《ふっしょく》して貰えるなら、それくらいの恥はまあ我慢すべきだろう。

「旅行の写真だな」

「ええ」

「後で、ここに写ってる友人達にも変なことが起こってないか聞いてみな」

「それでもし何かあったら、目的は俺じゃなくて旅行中の『何か』ってことですよね？」

俺の不安に気づいて、真剣にカメラをチェックしていた彼の目がこちらを見る。

「ああ、そうだ。大体、お前みたいにぽっとした坊ちゃんが狙われるってのは俺も考え難いからな。原因はお前以外のことだろう」

『ぽっとした坊ちゃん』って言い方は気に食わないが、それが慰めであることはわかった。

不思議だな。

この人が『お前以外のことだ』って言ってくれると、そうかもって気になる。

何ていうか、東城さんの言葉には重みがあるんだよな。修羅場を抜けてきた厚みっていうか…。

まあ俺の勝手なイメージなんだろうけど。

「昼飯食ったら、一緒に警察行くか」

「一緒に行ってくれるんですか？」

「乗り掛かった船だ。それに坊ちゃん一人で行って、怖い警官に囲まれて泣きベソかいても可哀想だしな」

「そんなことしませんよ」

「雑巾《ぞうきん》貸せ、窓拭いてやるから」

「その前にタバコは消してくださいよ」

「はい、はい」

ディスクがなくなっていたというのはあまりいい気持ちではなかったが、この部屋からなくなったものがあったとわかったことで少しほっとした。

彼等は欲しい物を持って帰ったのだ。もう一度ここにやって来る可能性は薄い。

そんな確証もない予測だけでも安堵《あんど》してしまうくらい自分が怯えてることも、そんなあやふやなことが彼の言葉だと思うだけでストンと胸に落ちたことが意外だった。

「俺、暫く置いて貰えるなら食事作りますよ。一人暮らしは結構長いし、年寄りに色々教えてもらったんでそれなりに作れますから」

好きにならない方がいいって思ってるのに。

浮ついた気持ちだけでなく彼に惹かれるのが辛《つら》いな。

彼に拒絶されることで傷ついてしまいそうだし、手に入らないものを欲しがってしまいそうな予感がして。

「なら今夜はカレーにしてくれ。昨夜ひとしきりカレーの話してたから食いたくなった」

「喜んで」

決して、自分が悲しく傷ついた人生を送ってきたとは思わない。

言ったように、両親は早くに亡くしたが、祖父母は自分に甘かったたし、伯父さん達もなにくれとなく目をかけてくれていたし。

従兄弟《いとこ》達すら、少し歳の離れた俺をいい意味でペットのように可愛がってくれた。

それでも、何かの折に自分には決定的に誰もが持っているべきものが欠けているのだな、と思わされたことはあった。

父兄参観や三者面談、父の日母の日。

当たり前のように他人の口から出る『お父さん』『お母さん』という言葉に応《こた》える者がいないのだという事実が。

それを不幸と思うと、きっとそこから先の自分の人生に不幸という名の汚点が残るから、そんなことは絶対に思わないけれど、手に入らないものを寂しいと思うことはあった。

そしてその寂しさは、今も消えずに心のどこかに残っている。

ふとした瞬間、『寂しいなぁ』と呟《つぶや》いてしまうほどに。

だから、へらへらと笑いながら『好きな人なんだ』と東城さんのことを口に出来なくなってしまうほど彼のことを好きになるのは嫌だった。

だって、今更だから。

可能性があるかもとか、夢見ていられる時ならまだよかったけど。今では彼が自分に恋愛しないことはわかってるんだから辛いじゃないか。

なので、この仄かな恋心に溺《おぼ》れるのは彼の部屋に滞在を許されている間だけのことにしようと決めていた。

一緒にいられたことは幸福だったという思い出で幕が閉じられるように。

彼は書庫を使わせてくれて、何を持ち込んでもいいと言ったけれど、俺がわずかな身の回りの品しか持って行かなかったのもそれが理由。

帰らなきゃと思った時に、すぐに退去出来るように、だ。

だから朝起きて、朝食を一緒に摂《と》ったら自分の部屋へ戻って着替えをした。

ちょっとした物音に怯えても、スーツや靴の一切合財を持って行く気にはならなかった。

ちゃんとブレーキを踏むことを自分は知っている。

どうしても欲しい時には遠慮しないけど、欲しがってはいけないものを欲しがるような生活はしてこなかったから。

…両親に会いたいなんて言えば祖父母が泣くから考えないってのと一緒だ。

そんなわけで、俺は好きな人と暫く一緒にいられるという喜びだけを味わいながら、翌日会社へ向かった。

銀色にそびえ立つ半円形のビル、『カイゼル』の日本《にほん》本社。

一階の入り口は普通の会社と同じで、広いフロアと案内嬢のいる受付と、外来者も使えるカフェがある。

でも職場である五階に行くと、その空気は一変した。

誰の趣味なのかなぁと考えてしまうような、銀色の床、銀色の壁、銀色の天井。

まるでSF映画に出て来る未来の秘密基地みたいな廊下。

実は俺は結構気に入ってる。だってカッコイイから。

そこを抜けてデータルームに通じる扉の前でIDを通して奥へ進むと、今度はまあ今時ならアリだなって思う程度のミーティングルーム兼休憩室へ出る。

「おはようございます」

そこには既に別のプロジェクト・チームの人間が何人かいて、備え付けのコーヒーを飲んでいた。

その中の一人、Cルームのチーム・リーダー千石《せんごく》さんは俺に気づくと、いかにも気の毒という表情で声をかけてきた。

「よう、おはよう。色々大変だったな、白鳥」

…もう泥棒のこと伝わってるのか。

「はあ、でもまあ終わったことですから」

そう返事をすると千石さんの顔が歪む。

「随分あっさりしてるな。もっと悲しむかと思ったのに」

「悲しむ？　怖いとは思いましたけど、別に悲しいことは…」

「だがお前が一番成田と親しかっただろ。随分可愛がられてたのに」

「成田さん？　成田さんがどうかしたんですか？」

「知らないのか？」

「俺が休む前から休みを取ってたみたいですけど、ひょっとして何か重病だったんですか？」

千石さんは手にした紙コップをぐるぐると回しながら、近くにいた彼のスタッフを見た。

「そうか、まだ聞いてなかったのか」

「何です？」

「丁度いい、山川が来たからあいつに聞いてみろ。暫くお前達のチームは業務停止になるだろうな」

業務停止？

どうしてまた。

千石さんの視線を追って奥へ顔を向けると、少し青ざめた山川さんが近づいて来た。俺達のチームの中で一番歳の近い山川さんは、普段軽い感じでにこにこしてる人なのに、その顔は千石さん以上に険しい。

嫌な予感がした。

「白鳥」

「おはようございます、山川さん」

軽く会釈をすると背後から千石さんの声が飛ぶ。

「山川、そいつ、成田の事知らないみたいだから教えてやれよ」

「こいつ、昨日休みだったんです」

「昨日？　どうして？」

「泥棒に入られたそうですよ」

「泥棒？　Ａルームは踏んだり蹴《け》ったりだな」

「ええ、まあ」

何だろう。

何があったんだろう。

「あの…、山川さん。成田さんどうかしたんですか？」

「説明するから、ちょっとこっちに来い」

山川さんは俺の手を取ると、奥へと引っ張って行った。

この休憩室のスペースを抜けると、それぞれのプロジェクト別に部屋が別れていて、各々《おのおの》の部屋へ入るためにはまたＩＤをリーダーに通さなくてはならない。

予《あらかじ》め登録されていなければ、たとえＩＤを持っていても別の部屋には入れない仕組みになっているのだ。

扉が開くと、いつもはコンピューターの並んだ少し肌寒い部屋には成田さんを始めとした数人の人間がいるはずだった。

だが今そこにいるのは溝口《みぞぐち》さん一人だ。

「白鳥来ました」

しかももうそろそろ就業時間だというのに、彼の前にあるモニターは真っ暗。

「おう、そうか。説明は？」

それだけじゃない、この部屋にあるコンピューターの全てが沈黙している。

「これから俺がします。溝口さんも皆さんのところへ行っててていいですよ、こいつは俺が後で連れて行きますから」

「そうか？　じゃあ頼むな。あまり時間かけるなよ」

「はい」

…何？　何が起こったんだ？

自分の席に座らされると、山川さんが自分の席から椅子《いす》を引っ張って来てそこに座る。

「いいか、落ち着いて聞けよ」

と言われてから彼が口にしたのは、想像もしなかったことだった。

「昨日、成田さんが殺された」

「…え？」

息が止まるほどの驚き。

何の冗談かと突っ込むことも出来ない真剣な眼差《まなざ》し。

「正確に言うと、殺された成田さんが発見されたんだ」

瞬間、頭に浮かんだのは、ホテルで子供のように上機嫌だったあの人の顔だった…。

「どういうことです？　何で成田さんが？　…ひょっとして、成田さんの部屋にも泥棒が…？」

「それはわからない。これから警察の人が来て色々説明するそうだから、俺達もすぐに会議室の方に行かなくちゃならないんだ。みんなそこで待機してる。お前には昨夜俺が電話したんだけど、出なかったから」

「俺、今隣の部屋の人のところにお世話になってるんです。泥棒が入って物騒だから」

「そうだったのか」

「携帯にでも電話くれればよかったのに」

「俺も気が動転してたんだな。考えつかなかった。夜になってからメールだけはしたんだが、パソコンの方に」

「今朝はメールチェックして来なかったから…」

留守電もチェックして来なかった。

伝言、入ってたんだろうか。

「それでだな、警察の人にも色々聞かれるだろうと思うんだ。お前んとこに泥棒が入ったってこと」

「どうして？」

「このタイミングだろう？　何か関係があるかも知れないって思うじゃないか」

「そんな…！」

と言いかけて言葉が止まる。

まさか…。

『たとえばお前の友人が持ってるとか、家族が持ってるとか。そいつとお前が接触してるところを見られたとか』

頭の中に浮かぶ東城さんのセリフ。

理由は俺自身のことじゃないかも知れないって、あの人は言っていた。

「どうした、白鳥」

「俺の部屋に入った泥棒、ディスクを盗んでいったんです…」

「ディスク？」

「はい、もしかしたら何か関係あるのかも…」

「お前、何か成田さんから預かってたのか？」

「いいえ、何にも。盗まれたのは写真とか普通のデータが入ってるものだけです。仕事の関係のものなんか何にもないんですけど」

「本当に？　何も聞かされずに預かったものとかないのか？」

「いいえ、ありません。でもなんで俺のところに…。もしそういうものを預けるとしても、プロジェクトのサブ・リーダーである小林《こばやし》さんの方が…。ひょっとして、小林さんのところにも泥棒が？」

問いかけると彼は首を横に振った。

「いや、そういう話は聞いてないな。今朝会った時も何にも言ってなかったし。ただ、小林さんがひょっとしたらお前んとこの泥棒と関係あるのかも知れないって言い出したからさ。みんなちょっと引っ掛かってるみたいだった」

「小林さんが？」

「ああ。まあわかんないでもないんだけど…。いや、別にお前がどうこうってわけじゃないんだぞ。ただ小林さんがそういうこと考えるのはってだけだからな」

慌てて否定してくれたけれど、その話題が出た時の気まずさは察しがついた。

「なんで俺なんでしょう？　幾ら可愛がられてたって言っても、仕事では俺なんか全然ぺーぺーなのに」

すると山川さんはちょっと言い澱《よど》んでから口を開いた。

「それは多分…、プライベートではお前があの人に会った最後の人間ってことになるからだろうな」

「プライベート？　俺は別に成田さんとプライベートでなんか…」

「パーティ、出掛けただろ？　広川教授の出版記念のさ。お前を連れてったって、成田さん言ってたじゃないか」

パーティ…。

東城さんを見掛けたあのホテルのか。

「でもそれは仕事じゃないですか。広川教授はクライアントの研究所の主任ですよ？　第一あの時は他社の人や大学関係者や製薬会社の人なんかも一杯いたんだし」

「わかってるって。お前がどうこうって言ってるんじゃないよ。ただ理屈で考えると、会社の外で会った社内の人間はお前だけだし、そのお前の部屋に泥棒が入ったとなれば色々聞かれるかも知れないだろう？　だからもし心当たりがあるんなら、俺に先に言ってくれよ。言ってくれればフォローぐらいしてやるぞ？」

山川さんは俺の手を握って、俺は味方だという目を向けてくれた。

だがそうは言ってくれても、話すことなんてあるわけがない。

「心当たりなんかありませんよ。泥棒のことだって、今成田さんの話を聞くまで会社に関係があるなんて思ってなかったんですから」

「お前が気づいてないだけで、特別なことがあったってことはないのか？　白鳥じゃなくても、誰か他の人に何か渡してたってことは？」

「花は俺がオーダーしましたし、手に荷物は持ってなかったと思います。ただ…」

「ただ？」

あの気まずさのことを思い出す。

エスカレーターを駆け降りて笑った成田さんの顔。

「酷く上機嫌でした」

「上機嫌？　成田さんが？」

何時にない子供っぽい表情だったことを。

「ええ、何か面白いことに気が付いたって…」

「面白いことって何だ?」

「それは教えてくれませんでした。まだ言えないからって」

「何にも言わなかったのか?」

「ええ。ただ花がどうとかってことくらいしか」

「花? 植物の花か? でも俺達がやってるのは植物じゃないだろ?」

「俺もそう言いました。そしたら成田さん、ただ笑うだけで…」

「そうか…」

山川さんは手を放し、視線も逸《そ》らした。

彼も成田さんとはよく言葉を交わしていたからショックなのだろう。

「白鳥、今のこと、ちゃんと警察に言うんだぞ。もし警察や小林さんが何か言っても、疑われたりしても俺がちゃんと庇ってやるからな」

「疑われるって…、どうして俺が?」

「警察っていうのは何でも疑ってかかるもんだ。ましてや成田さんのことは殺人事件だしな。もしも彼の部屋から何かなくなってたとしたら、変な話になるかも知れないだろ?」

「それは…」

「取り敢えずみんなのところに行こう。お前の泥棒の一件も聞かれるだろうけど、ちゃんと俺が側にいてやるから」

「山川さん…」

不安が、胸に広がる。

俺は全然関係ないのに。

…ないはずなのに。

何かが自分に近づいて来るような気がして、思わず静かな部屋の中を見回してしまった。

「白鳥?」

「…早くみんなのところに行きましょう。何かおっかないです」

「そうだな。いつまでも二人きりでいると色々言われるからな」

見えない影が怖かった。

何か、自分には想像もつかないようなことが起きている気がして…。


会議室で待っていたチームの人間の前に現れた警察の人は、明かに自分の盗難事件の時とは人種の違う刑事さんだった。

「あなた方の会社では何をやってるんです？」

「今の仕事に敵対関係の者はいるんですか？」

「最後に成田氏に会った人間はどなたですか？　彼から何か聞いている人はいますか？　最近誰かに付け狙われてるとか」

「会社の周囲で怪しい人を見たって方はいませんかね？」

もちろん、それに対する返事はみんな同じだった。

会社の周囲にも、成田さんの周囲にも、怪しい人影なんて見たことも感じたこともない。仕事の内容は社外秘だから外部に敵対者がいることも考えられないし、まだ自分達の手元にある間は人目を引くようなことはないのだと。

そうなると山川さんが言ったように、疑いの目を向けられたのは、成田さんと社外で最後に行動し、自宅に泥棒が入り、遺体が発見された日に会社を休んでいた俺だった。

「白鳥くんだっけ？　君は成田氏と親しかったのかい？」

年配の刑事が鋭い目をこちらに向ける。

「…そんなには」

嫌だな。

「だが君だけを誘ってナントカいう教授のパーティに行ったんだろう？」

自分だけが責められてる。

「それは、成田さんが人付き合いが苦手で、俺が愛想がいいからって…。それに広川教授はここにいる全員が会ったことのある人ですし」

「その時、彼、何か言ってなかった？」

「別に何も」

「何か受け取ったりしなかったのかい？」

「いいえ、何も」

「本当に？　隠してない？」

他の人達の前でそういう質問を受けるのは辛かった。

まるで俺が何かを知っていて隠しているんじゃないかという口ぶりだったから余計に。

もし山川さんが傍らに座ってかばってくれていなかったら、きっと興奮して変なことを口走っていたかもしれない。

「彼は成田さんに可愛がられてましたけど、だからこそ一番ショックも大きい人間なんですよ。あまりきつい質問はしないでください。そうでなくても、こいつは泥棒に入られたことでショックを受けてるんですから」

だがその言葉でも、二人組の刑事はどちらもすまなかったという顔一つしなかった。

「でも他の方のところに侵入者があった形跡はないんでしょう？　ということは、誰にせよその賊が『白鳥さんなら』と思う理由がどこかに存在していたってことじゃないんですか？」

「その相手の誤解ってこともあります」

「だから、どうして誤解したのか、その理由が知りたいんです。皆さんだって自分の同僚が、上司が命を奪われた理由を知りたいでしょう」

刑事さんの言っていることはもっともだった。

もしも自分が疑われているのではなければ、俺だって知りたいと思う。

どうしてたった一人だけ巻き込まれてしまったのか。

「刑事さん、俺には本当に心当たりはないんです。泥棒のことは、気づいてからすぐに警察の人に連絡しました。もし何か俺が見落としてることがあるんだとしたら、もう一度警察の方に入って戴いても構いません」

「盗まれたものはディスクだけ、でしたね？」

「はい。あとMOです」

「MOっていうのは」

「ディスクと同じようなものです。記録媒体です」

「記録媒体ねぇ」

刑事は何かをメモに書き留めた。

「わかりました。窃盗の方ですが、担当の警官の名前、わかりますか？」

「O署の小野《おの》さんとおっしゃる方です」

「小野、ね」

そこまで話を進めると、サブ・リーダーの小林さんが後を引き継いだ。

「刑事さん、成田さんの志望推定時刻というのは何時だったんです？　白鳥の泥棒のことより、その時間のみんなのアリバイを確認した方がいいんじゃないんですか？」

「ああ、今から窺うところです。では皆さん、先一昨日の夜の十時から零時までの間、どこにいらしたか教えて戴けますか？　ではまずあなたからにしましょうか、えーと…」

「小林です」

「じゃ、小林さんからどうぞ」

その後は、まるでテレビの刑事ドラマのようだった。

結局午前中一杯はそれで潰《つぶ》される形となった。

昼休み前に刑事は帰って行き、みんなも気まずそうに一旦《いったん》解散する。

それぞれに食事を摂って戻って来た時には、小林さんから今回の仕事自体を暫く凍結させる旨の申し伝えがあった。

一分一秒を争うような仕事ではないが、それが会社にとってよくない状況であることはわかっていた。けれど異論を唱えられる者は誰もいなかった。

クライアントにしてみても、理由がわからないのでは次にとばっちりを受けるのは自分かもというう恐怖が残るだろうし、ウチとしても問題を解決させないままにして次の被害が出てはイメージにもかかわる。

「上からの呼び出しがあるまで、俺達は自宅待機か…」

ボソリと誰かが呟く。

「思いがけない有休だとでも思えばいいさ。どうせそう長く休ませてくれるわけがないんだし」

チームで一番年上の溝口さんが気を楽にしようとそれを受けた。

だが、小林さんだけが深刻な顔のまま、一同を睨んだ。

「わかってると思うが、勝手に連絡が取れなくなるような場所へは行くなよ」

そして俺だけを見て、強く命じるように言った。

「白鳥、お前も隣の部屋の人に世話になってるっていうなら、そこから動くな。それと携帯の電源は必ず入れておけ」

「…はい」

誰も、俺に何も言わなかった。

聞きたいことは刑事が全部聞いてくれたということもあるだろうけれど、口にすればそれが責める言葉になるとわかっているからだろう。

でも何となくは感じる。

本当はお前、何か知ってるんじゃないか？　という視線を。

「ドンマイ、白鳥。何かあったら俺にすぐ連絡しろ。すぐに駆けつけてやるから」

という山川さんの言葉だけが、慰めだった。

「俺は大丈夫ですよ、やましいことは全然ないんですから。それよりも早く犯人が捕まればいいと思うだけです」

「…だな。一人で片付けようとはするなよ？」

「はい」


その夜、部屋に戻った俺は成田さんの事件を全て、東城さんに報告した。

彼は警察でもないし、探偵の真似事はしたことがあるといっても、実際の探偵でもないというのに。

だが意外なことに、彼はその説明を真剣に聞いてくれた。

いや、意外ではなかったのかも。

俺はどこかで、彼ならちゃんと聞いてくれるだろうと思っていたのだ。俺の泥棒のことに対してもあれだけの慧眼《けいがん》を発揮してくれた彼だから。自分が疑われてることや、この不安を解消してくれるのではないかと。

刑事の話では、成田さんは先一昨日の夜、一人で部屋にいる時に殺されたらしい。

部屋には侵入者の形跡はなかったが来訪者の痕跡《こんせき》はあった。五つ揃《そろ》いの湯飲みが二つ、部屋から消えていたのだ。

つまり、本人が部屋に誰かを招き入れたらしい。

「顔見知りの犯行ってワケか」

だから俺が疑われているのだろう。

「二つってことは来客は二人ってことですよね?」

「成田って男本人が使ったものを持ち去られたんじゃない限りはな。死因は?」

「窒息です」

「首を締められたのか?」

「いいえ、違います」

死因は、吐瀉物《としゃぶつ》を喉に詰まらせたための窒息死だった。

どうやら成田さんは死ぬ前に賊に暴行を受けていたらしく、全身に打撲の跡があり、腹部を強打された時に嘔吐し、それを詰まらせて死んだ。…ということらしい。

「それじゃ殺そうとして殺したんじゃなく、賊の意図しない死だったってことか」

「そうでしょうか?」

「だろうな。順当に考えればその連中は成田って男が持ってる何かが欲しかった。三日前に成田を襲い、それを吐かせようとしてる時に意図せずそいつを殺してしまった。だから何か知ってそうなお前の部屋を家捜しした、と見るべきだろうな」

「連中はそれを手に入れたんでしょうか？」

「そいつは俺にはわからねぇな」

「もし手に入れてなかったら、俺はまた襲われるんですか？」

「もう襲われないだろう」

妙にキッパリと、彼は言った。

「どうしてです？」

「お前が善良な人間だからさ」

「…説明になってませんよ」

東城さんは座っていたソファから身を乗り出した。

「俺はお前のことをそんなに知ってるわけじゃない。だがここ数日の間言葉を交わしてみて、極めて善良な人間だと思った」

…彼にそう言われると何か気恥ずかしい。

口に出せないよこしまな気持ちを抱いているだけに。

「そのお前が、泥棒に入られてすぐに警察に届けを出し、盗まれたものはディスク『全部だ』と言った。今日会社で訃報《ふほう》を聞いても、上司にも刑事にも成田から預かったものがあるとは言わなかった。盗まれていればこれこれこういう物があったと警察に言うだろうし、盗まれていなければ上司にこういう物を預かってるんですというはずなのにな。だから相手はお前は何も持っていないと判断してくれるだろう」

理屈は通っている。

通ってはいるが…。

「それ、おかしいですよ」

「何がだ？」

「だって、俺が警察や上司に何を話したかを相手が知らなかったら、納得してくれるわけがないじゃないですか」

「知らなけりゃな」

彼はタバコを取り出し、口に咥えた。

そのせいで短い間が空く。

「知らなければって…。相手が知ってると思ってるんですか？」

「ああ」

その話を聞けた人間は警察の人とチームの人間だけだ。

ということはつまり…。

「あなたは犯人が社内にいるって言うんですか？」

思わず大きな声を出したが、彼は当たり前だというように顔色一つ変えなかった。

「そんなバカな！　だって会社の同僚ですよ？　みんな一緒に働いてる人なんですよ？　その人達の中に成田さんを殺した犯人がいるわけないじゃないですか！」

「だから、さっき言っただろう。殺そうとして殺したんじゃないだろうって」

「でも…！」

尚《なお》も食い下がる俺に、彼はわざとタバコの煙を吹きかけた。

嫌な匂いが鼻先を掠《かす》め、言葉が止まる。

「お前さんの気持ちはわかる。だが俺は部外者だからこそ、理詰めで言ってるんだ。あくまで仮定の話ではあるが、成田って男が『何か』を持っていて、それを問い詰められた上に殺された。そして部下であるお前がそいつからその『何か』を受け取ってるんじゃないかと家捜しをされた。ここまでは納得するな？」

多少不本意だが、頷く。

ここまでくると否定する材料もないので。

「白鳥は成田って男とプライベートで親密だったわけじゃない。関係は会社の上司と部下だ。ということは会社関係の『何か』だったと思うのが自然だろう。ではどうして成田がその『何か』を持ってると思ったのか、どうしてお前が成田の部下だと知り、親しいと誤解したのか。お前は社外でその成田って男と仲がいいと言い触らしたか？」

「…いいえ」

「部下だって言ったか？」

「いいえ。社内の関係は外では口外しないことになってますから」

「だとしたら、成田が『何か』を手に入れたと知る者も、お前と成田を結び付けられるのも社内の人間だろう？」

納得はする。

けれど頷くことは出来なかった。

それは彼もわかってくれるのだろう、敢《あ》えて返事を求めることはしなかった。

「お前んところのチームってのは何人いるんだ？」

「…八人です。リーダーの成田さん、サブ・リーダーの小林さん、コーディネーターの石橋《いしばし》さん、システム・エンジニアの溝口さんに馬場《ばば》さん、プログラマーの草野《くさの》さんと山川さんに俺です」

「他のチームの連中で仕事の内容を知ってた人間は？」

「いません。営業の担当なら知ってると思いますが、ウチは完全にプロジェクトごとにチーム分けしてるので、メンバーが誰であるかはわかっても、仕事の内容はお互い詳しくは知らないんです」

「さしつかえない程度でいいんだが、お前達が今やってる仕事ってのは何なんだ？」

その質問はされると思っていた。

だが答えていいものかどうか…。

暫く悩んだ末に、俺は当たり障りのない答えを口にした。

「ゲノムシークエンスってわかりますか？」

「遺伝子配列か？」

最近はメディアに乗ってる言葉とはいえ、すぐに答えが返ってきたことに少し驚く。

「そうです。ゲノム、つまり遺伝子のことですが、それの解析をしてるんです」

「解析だけ？　そんなの、もう終わってるだろう？」

鋭いな…。

「配列だけなら。ただそれぞれの機能はわかってませんから、色々シミュレートして、モノマーそれぞれの役割を探すんです」

「そいつは大学や専門機関の仕事だろう？」

「ええ、まあ…」

「何を見つけたかまでは話さなくてもいい。何をやってたかだけ聞きたいんだ。俺は専門家じゃねぇからな、興味はない」

頭がいいとわかってる人に仕事の話をするのはどうかと思う。社外秘で、重要機密なのだから。

でも言えば、彼は今回の一件に対して何かに気づいてくれるかも知れない。

「俺達がやってるのは、既に機能がわかってるものに対して、何がどう働くかを試してるんです。たとえば、よく言われる癌《ガン》に対応する遺伝子が発見されたとしますよね？　それが癌に対応するとわかっても、何をしたらその遺伝子が癌を排除するのか、増大させるのかがわからなければ利用価値はない。ですから、それに薬品を加えたり、熱したりして反応をみたいわけです。ところが、それを一々やってると膨大な時間とスペースが必要になる。そこでコンピューターの中でシミュレーションするというわけです」

「遺伝子工学の知識がない人間にできるのか？　白鳥は仕事の対象に対する知識はないと言ってただろう」

「条件やデータはクライアントが用意してくれますから。特に俺はそれを打ち込むだけですしね。プロトタイピングして、結果をクライアントに見せ、あり得ないと思われる場合は更に条件を細かく設定してもう一度シミュレーションする。その中で有効と思われるものを、クライアントが実際に研究課題とするわけです。言っておきますけど、今の癌対応云々《うんぬん》は仮定の話ですよ。俺は何をシミュレーションしてるかすら知らないんですから」

「だが打ち込んだデータから何となくの推測はつく」

踏み込んだ質問。

「それは…、全然わからないと言えば嘘《うそ》になりますけど…」

「ならチームの人間全員が、何となく研究対象が何であるかは知ってたわけだ」

「…ええ」

特に、サブ・リーダーの小林さんは。

恐らく、成田さんの後継はあの人になるだろう。

「バイオシミュレーションか、金になる話だ。もしその成田って男が何かを発見してたら、そしてそれを誰かが知ったら、奪い合いになるだろうな」

「可能性がないとは言いません。でも余程の発見じゃないと…」

「余程の発見だったんだろうさ」

「東城さんも興味ありますか？」

「俺が？　ないね」

彼は即答した。

「俺はそういうもんをぐちゃぐちゃいじるのは嫌いな方だ。人間、死ぬならあっさり死んだ方がいい。殺されるのは嫌だが」

「金になるとしても？」

俺の質問に、何故か皮肉っぽい笑いさえ浮かべた。

「あり過ぎる金は身動きがとれなくなる。自分で稼いだ金しか使う気にはならねぇな」

謎《なぞ》のある人だ。

でも今の言葉はきっと本音だろう。

俺が見てる限り、この人は生活に困っているようには見えない。むしろ、職業に見合わないほどゆとりのある生活をしている。

金遣いも荒くはないし、貪欲《どんよく》さは見えなかった。

仕事か…。

「東城さん」

「ん？　何だ？」

「俺、暫く東城さんの仕事、手伝っちゃダメですか？」

「俺の仕事を？」

意外、という顔で彼がこちらを見る。

「今言ったようなわけで、暫く会社に行かなくていいことになっちゃったから、することがないんです。かと言って自分の部屋に一人でいるのも、あなたの部屋に一人で残されるのも嫌だし。もしよかったら、置いて貰ってる家賃の代わりに、やらせてください」

それだけじゃなく、東城さんの生活に興味があるからというのもあるんだけど、一人になりたくないのは事実だ。

悪い方向へばかり非日常的になってゆくのなら、このくらいやってもいいだろう？

身体を動かせば気晴らしにもなるし。

「明日は成田さんのお葬式に社の連中と参列することになってるんです。でも、その後は本当に暇人だから」

ちょっと考えはしたが、まあいいかというように頷いてくれたのは、そんな俺の気持ちをわかってくれたからかもしれない。

優しくて、察しのいい人だから。

「肉体労働が多いぜ」

「そこそこ体力はありますよ」

「なら頼むか」

でも俺はこの選択をちょっぴり後悔することになるのだ。

彼がどうしてこんなに引き締まったいい身体をしているのか、ってことも考えずに申し出てしまったがために…。


時々東城さんの部屋に身なりのいい来訪者があることには気づいていたから、てっきり彼のオフィスはマンションの部屋なのだと思っていた。

だが実際は近くに小さな部屋を借りていた。

机が二つあるだけの事務所に、様々な道具が納められた倉庫。

そこには従業員の人もいた。

「白鳥唯南だ、暫くバイトとして雇う。専門は頭脳派だから、腕力は期待するな」

と彼が紹介してくれたのは、電話番の女の子と事務番頭みたいな男性だった。

この二人が仕事をしているのか、と思ったらそれも間違いだった。

会社の社員を何人も雇うほどの余裕はないとかで、殆《ほとん》どの人が登録制なのだ。

たとえば、庭木の伐採を頼まれれば、元植木職人のおじいちゃんに声をかける。老人介護のヘルパー補助を頼まれればそっちの専門学校に通ってる学生さんに声をかける、というふうに。

その中で、誰も捕まらない時、もしくは誰も専門家がいない時などに彼が出て行くということだ。

「今はもめてるからな、パソコンを扱う仕事はしない方がいいだろう」

という言葉の下、俺が最初に与えられたのは、超が付くほど汚い部屋の掃除だった。

部屋中に散乱している物を捲《めく》る度に、何かがわらわらと散ってゆくのを見る恐怖というものを、俺はここで生まれて初めて味わった。

人間って、ホントに怖い時には悲鳴も上げられずに固まるんだなってことも。

「…お前は乙女か」

と呆《あき》れたように言われても、仕方ないじゃないか。

自慢じゃないが、いや、自慢だが、俺の祖父母の家は古くても掃除の行き届いた綺麗で清潔な家だったのだから。

「ゴミの梱包《こんぽう》とトラックに載せるのだけにするか？」

「…いいえ。自分から言い出したことなので頑張ります」

軍手をはめて、マスクして、根性出してやったとも。

大して広くもない六畳四畳半のアパートの中から、どうしてこんなにゴミが出てくるのか、そしてこんなにゴミを出したのに何故まだ物が残っているのかが謎だった。

そして言っては悪いがこんなアパートに住んでる人間が、何故たかが掃除の代金に十万もポンと出してしまえるのかも。

金は天下の回りものというけれど、本当にどんなところにも回ってるもんだなぁと痛感する。

ついでに、学生時代はスポーツもやっていてそれなりについていると思っていた体力も、デスクワーク続きですっかり衰えてしまったのだというのも思い知らされた。

仕事を終えて帰って来ると身体はもうヘトヘト。

料理くらいは作りますと啖呵《たんか》を切った手前、食事の支度はちゃんとした。

でも目の前に東城さんがいるというのに、瞼《まぶた》は重くろくに会話も出来ない。お風呂《ふろ》を戴いたらもうすぐに与えられた部屋に戻ってベッドに倒れ込むように眠りについてしまう。

好きな人と暮らしてる、なんて悶々《もんもん》とするどころじゃなかった。

気を遣って、彼がデスクワークを回してきてくれたけれど、所詮《しょせん》人が金を払っても他人に肩代わりして貰いたいことと言えば、面倒で、辛くて、手間がかかることばかり。

真面目《まじめ》に稼ごうと思ったら、どんな仕事にも楽なものはないのだ。

泥棒が入った日に彼がやっていた懸賞賞品の発送にしてもそうだ。

小さい所のものは手描きで住所を書かねばならず、ワープロ世代の自分としては久々にこんなに長くペンを握り、右手に中指にペンの形にへこみが出来てしまった。

パソコンで宛《あ》て名《な》シールを打ち出して貼《は》る方は簡単だろうと思ったけれど、まだ上手くシールを扱えない俺は、シールの糊《のり》で指先がガサガサになった。

「気にするな。会社じゃ仕事は出来るんだろ?」

と、慰めてくれる彼の言葉が物悲しい。

「会社の仕事しか出来ないって言われてるみたいです…」

彼の扱いが、相変わらず子供並なのに文句も言えないな。

「メシだってちゃんと作れるじゃねぇか。煮物まで出来るとは思わなかったぜ」

「そんなの、ダシの素《もと》と醤油《しょうゆ》とみりんと具材を入れて煮込むだけじゃないですか。味見しながらやってちゃんと火を通せば誰にだって出来ますよ」

「そりゃお前が出来るから言えるセリフさ。そこらを歩いてる女共が煮物が出来りゃ、鼻高々で自慢するぜ。俺の知り合いにも、料理といえばレモンを切ったことがあるくらいってのがいるぜ」

…それはあの有閑マダムだろうか?

「そんなの料理なんて言いませんよ」

「つまり、他はその程度だってことさ」

「…よくわからないけど、褒められてるって思うことにします」

「褒めてんだよ。正直、こんなに真面目にやるとは思わなかった」

お世辞じゃないぞ、という目が向けられるから、ちょっと気分が浮上する。

「挨拶する程度の時には、世間知らずの苦労知らずだと思ってた」

「世間知らずの苦労知らずですよ」

「そうでもないさ。礼儀も正しいし、身の回りのことも出来る。愛想もいいし人見知りもない。俺的には随分ポイント高いぞ」

それが単なるお隣さんとか、顔見知りのポイントだとしても、面と向かって言われるとやはり嬉しいものだ。

「これで女だったら嫁にしたいってヤツが群がるだろうな」

「俺は男です」

そして嫁になりたい相手は特定されてるんです。

もっとも、その相手は望み薄だけど。

「じゃ訂正しよう。同居人としては最高点をやっとくよ。俺のタバコにも文句は言わねぇしな」

「それはお世話になってるからです。もし本当に対等な同居人だったら、健康のために本数を減らせぐらい言いますよ」

「言ったらマイナスにするぞ」

「それでも、長生きして欲しいですからね」

「俺に？」

正面からからかうように目を覗《のぞ》き込まれても、そのせいで胸がときめいても、平静を装うことには慣れている。

昨日や今日の片想いじゃないから。

「ええ、そうですよ。俺的にも、東城さんはいい隣人ですからね。出来れば長くお付き合いしたいと思ってるんです」

「そいつはありがたい。是非ともそう願おうか。ただし、仕事は会社に戻るんだぜ？　今回のことは一時的なことだから、俺んとこへ逃げてくるなよ？」

俺が彼の仕事を手伝うと言ったことを、そんなふうにとられるとは思わなかった。と、同時に自分の仕事をしろと言ってくれる優しさにちょっと感動した。

俺が役に立たないからというのもあるかも知れないけど。

「大丈夫です。仕事は好きですし、自分にできることはわかってますから」

「いらぬおせっかい、か？」

「いいえ。嬉しいです。俺のこと考えてくださってありがとうございます」

「…お前のそういうところが、好きだな」

「ありがとうございます」

「さ、さっさとメシ食って出掛けるぞ。今日は粗大ゴミの搬出だ」

「はーい」

一緒に生活しているだけで、気持ちの距離は近くなる。

自分も惚れてはいけないと思いながら惹かれてゆくけれど、彼の方もちょっとは意識してくれるようになるだろうか？

一度諦めたはずなのに、ちょっぴり期待してしまう。

だからこういうことを気持ちが揺れるって言うんだろう。右へ左へフラフラだ。

そんな日々の中、警察からの事情聴取も来た。

もう一度泥棒が入った日のことを聞かれ、家の中をチェックされた。

手掛かりはないが、鍵を開けられたのが合鍵ではなく道具を使ってのことだと聞いて少しだけほっとした。

そういうことが出来るってことはプロの仕業ということだから、身近な一般人を疑わなくて済むと思えて。

もっとも、一般人がプロと手を組んだ、という可能性は消えないのだが。

それに、こんなに時間が経ってから検証にやって来るなんて、成田さんの一件にかかわりがあると思われているのかな、という想像も残った。

そして会社の人間からも連絡があった。

みんなのところにも警察が来たらしく、山川さんが言うには犯人の目星もつかないので、警察は焦っているのだろうということだった。

溝口さんなどは奥さんが心配するので、実家に帰したらしい。

仕事のことは小林さんからの電話で、結局サブ・リーダーの小林さんがスライド式にチーフになることになったが、そうなるとサブ・リーダーが空席になってしまうので、人員を探すことになったらしいと聞かされた。

だが専門的な知識が必要な上、全体的な進行をチェック出来るだけの応用力も必要となるサブ・リーダーがすぐに見つかるわけもなく、その間仕事は頓挫《とんざ》。

クライアントにも今回の事件は知られており、向こう側でも仕事を継続するかどうかの会議が行われているとかで、結果が出るにはもう少し時間がかかるということだった。

「打ち込みだけでもしなくていいんですか?」

貰った電話でそう聞くと、小林さんはタメ息をついた。

『俺としてもそうはしたいんだけどな。警察の方から内容をチェックしたいって申し出があって、今一々説明しながらチェックさせてるところだ』

「警察の人、わかるんですか? 内容」

こう言っては失礼だが、あまり一般人には馴染みのない内容だと思う。

『わかるわけないだろ。バイオアルゴリズムだの、バイオインフォツールだのって言葉から説明しなきゃならないんだ。あちらさんも多少話のわかる人間を連れては来たけど、全部なんて無理だ。しかも、内容によってはウチだけで処理出来ないこともあるしな。今、上で話し合ってるよ』

「俺、休みのままでいいんですかね？」

『休ませたくはないが、お前がこの話し合いに加わったってしょうがないし、何時再開するかわからないから他の仕事に回すわけにもいかないし、しょうがないだろう』

小林さんは不機嫌さを隠そうともしなかった。

多分、あのチームで今働いているのは小林さんとクライアントとの直接のパイプ役である石橋さんぐらいのものだろう。

そしてその二人が、どれほど忙しいか想像がつく。

『なあ、白鳥。お前本当に成田さんから何にも聞いてないのか？　そのものズバリじゃなくても、もしかしたらアレかもってこともないのか？』

「あったら言ってますよ。人が一人亡くなってるんですから」

『じゃ、もし思い出したらすぐに会社に連絡入れろよ？』

執拗《しつよう》に聞かれると、東城さんの言った言葉が頭を過《よぎ》る。

理屈で考えれば、犯人、もしくは犯人の一味がチームの中にいるだろうというセリフが。

小林さんなら、成田さんが何をしていたか一番よくわかっている人だ。もしもこの人がかかわっていたとしたら…。

俺は慌ててその考えを頭の中から追い払った。

「聞いてないんですから思い出しようもないですけど、何かあったら必ず連絡は入れます。小林さんこそ、俺で役に立つことがあったらすぐ呼んでくださいね」

『そうだな。簡単な事務とデータ整理だけメールで送っとくから、やれる時にやっといてくれ』

「はい」

電話を切ってから、こんなことも考えた。

俺は自分がこの一件に関係ないことを知っている。

でも、他の人にとっては俺だって容疑者の一人だ。

会社に呼ばれないというのは、仕事がないからというだけでなく、自分が疑われているからなのかも知れない。

会社には、自分達の仕事以外にも重要な機密がある。

疑いが晴れるまで、容疑者をその重要機密には近づけられないってことなのかも、と。

そんなわけで、俺はまだ自宅待機の身分で、何でも屋の手伝いを続けていた。


鍵屋が、人気の商品だから予約待ちだと言われていた新しい鍵をやっと付け替えに来てくれた日、俺はこれで東城さんの部屋に居座る理由がなくなったなあと思った。

新しい鍵は、東城さんが薦めてくれたディンプル・キーというもので、複製も作りにくいし、鍵屋ですら解錠に手間取るというしっかりしたもの。

しかも、ついでだからと他にももっと簡易なものだがもう一つ付けて貰った。

ワンドアツーロック、防犯の基本だ。

窓の鍵も上下二つにし、一応ガラスにも買って来たフィルムシートを貼った。何かが当たってもガラスが割れないようにするヤツだ。

そこまでしておいて、一人の部屋に戻るのが怖いなんて言えないだろう？　だったらこのマンションから引っ越せってことになってしまう。

彼に出て行ってくれと言い出されるのは嫌なので、自分から申し出ようと思った。

今だって、単に一緒に生活してるってだけで、甘い時間が持てるわけでもない。仕事中ずっと一緒にいられるってわけでもない。

だったら、眠る部屋の距離が離れるぐらい何でもない。

今回のことで頻繁に言葉を交わすようにもなったし、親しくなったって言い切れるほど近づいた。

時々は遊びに来られるだろう。

それなら、自分の部屋に戻ったって問題はない。

でも、鍵屋が帰り、東城さんの部屋へ戻ると、彼の方が先にそのことを口にした。

「これで鍵は安心だな」

お疲れ様というように差し出される淹《い》れ立てのコーヒー。

ソファに座る時は、いつも彼と俺との間は少し空いていた。彼がタバコを吸うから、気を遣ってくれて。

でも自分の分のコーヒーを持って来た彼は、俺のすぐ側に座った。

こちらを向いて座ったから、膝が俺の足に当たりそうだ。

「ですね。もう自分の部屋に戻っても、ぐっすり眠れそうです」

まだそこまでは言い切れないのだが、帰ると言い出すためにはそう言っておいた方がいいだろう。

「そのことだが、お前が嫌じゃなかったら、もう少しここに住まないか？」

ビックリだった。

言って欲しいとは思ってても、言って貰えるとは思っていなかった言葉。

「あんまり詳しくは言えないが、俺はこういうことに全く疎いわけじゃない」

「こういうこと？」

「狙われたり、追い回されたりってことだ」

「…何してたんです、東城さん」

「そんな顔すんな。別にアブナイ仕事じゃねぇよ」

でも普通の生活をしてる人にはそういうセリフは言えないだろう？

「人に知られちゃいけない秘密を持っているだけだ。今は上手いことやってるがな、昔はそのせいで追い回されたこともある」

「…不倫がバレたとか？」

その答えが正しくなかったことは、彼がにやっと笑ったことでわかった。

「まあそんなとこだ、深く追及すんな」

と言われてもちょっと追及したくなる。

彼が好きとかどうとかじゃなく、純粋な興味として。

でも本人が聞くなと言うから、俺はその興味に蓋《ふた》をした。

「それで、だ。お前は俺が思っていたよりもずっと頭がいいし、度胸もある。だから追いかけ回された経験者として言ってやるが、今回の相手は素人じゃない」

「泥棒としてプロってことですか？　警察の人もそれは言ってましたね。ガラスを割ったりする乱暴な手口じゃなく入って来たからきっと…」

「泥棒ってだけじゃないさ。まあそれも含めてだがな」

「どういうことです？」

彼はタバコを吸う代わりにコーヒーに手を伸ばした。

俺の近くにいるから、我慢してくれてるのか。

「ドアの鍵を開けることは多少の知識があれば出来る」

「そうなんですか？」

「そうだ。だが普通仕事を終えた泥棒は鍵を閉めては出て行かない。鍵を閉めて出て行く理由として考えられるのは、『つい』閉めてしまったか、発見者をお前に限定するためだろう」

「そんな、泥棒が『つい』だなんて」

「あり得ないな。だから理由は後者だ。他の人間が発見者にならないよう、鍵を持っている人間だけが第一発見者になるようにしたんだろう」

「…どうして？」

「脅し、だろうな。白鳥があの惨状を見てショックを受けるように、お前が持っている物を狙ってるヤツがいるとアピールするために、だ。お前が仕事に行ってる間に侵入したのなら、あんなに荒っぽく家捜しする必要はない。気づかれないようにこっそり目的のものだけを奪っていけば、発見が遅れ、自分の身の安全がはかりやすい。なのにあんなふうに荒らしたということは…」

「パフォーマンス、ですか？」

東城さんは黙って頷いた。

なるほど、言われてみれば納得しないではない。

「何故パフォーマンスをしたんだと思う？」

「わかりません。俺を脅しても何にもならないのに」

「それはお前が何も持っていないと思ってるからだ。お前が何か持っているとして考えてみろ。白鳥は『何か』を持っていた。それを捜しに賊が入った。目的のものを発見できたら、黙ってそれを待ち出せばいい。お前が隠した場所にそれがないことに気づいても、人に言えないものだろうから警察に届けることもできない。だから自分達は安全だ」

「でも部屋を荒らされていたから、俺は警察を呼んだ。警察を呼ぶかどうかを見てたんですか？」

「それもあるだろう。あれだけのことをされていて警察に届けなければクロだ。お前が目的なものを持ってると確信出来る。もう一つの考え方として、あれだけ荒らされてれば、慌てて隠し場所へ駆けつけるとか、隠し場所を変えるというのもある。どっちにしろ、連中は欲しい物を手に入れられなかったという証《あかし》だ」

かも知れない。

「お前は捜し物が見つからなかった時、さっき捜したところをもう一度捜そう、捜し方が足りなかったのかも知れないと思ったりはしないか？」

「思うかも知れません」

彼の言いたいことがわかってきた。

「相手が紳士なら、ドアをノックしてあなたは我々の目的の物をお持ちですかと尋ねるだろうが、あんなことをするような連中はロクでもない奴等《やつら》だろう。どんな荒っぽいことをするのかわからない。俺は死体の第一発見者にゃあなりたくねぇからな。脅かしてるんじゃない、これでも心配して言ってるんだぜ？」

この人の、見かけとイメージを好きになっていた。

カッコイイとか、頼り甲斐が『ありそう』とか。

でもそれが見かけやイメージだけじゃないと、言葉を交わせば交わすほど実感する。

「脅されてると思っていません。俺が考えるべきことを代わって考えてくださったことを感謝しているくらいです。嫌なことから逃げるように、深く考えないようにしてたけど、東城さんの指摘は全部もっともなことです。それを俺が気づいてもいいことだった」

「お前は普通の人間だから」

「人が一人亡くなってるんです。『普通』を逃げ口上には出来ませんよ。本当なら、俺の方から言うべきでした。東城さん、迷惑がかかるかと思いますが、もう少し俺をあなたのところに置いていただけますか？」

彼は返事に一瞬間を置いた。

けれどそれは拒否ではなかった。

「もちろんだ。そいつは俺が言い出したことだ。…だが驚いたな」

「何にです？」

「白鳥に、だ。お前は見かけよりずっとしっかりした人間なんだな」

「そんなことないですよ。そう何度も褒められると自惚《うぬぼ》れますよ？」

俺は笑い飛ばしたのに、彼の目は真剣なままだった。

「自惚れてもいいぜ。俺はお前がもっとヒステリックになったりパニくったりすると思ってた。こんなに冷静に話を受け止められるとは思わなかった」

その目が、俺を認めるような色を浮かべるから、少しだけ欲が出る。

「じゃあ俺のこと、好きになってくださいよ」

冗談めかして本音を口にしてしまうほど。

「ああ。俺はお前の事が気に入ったよ。守ってやりたいと思うくらいにな」

それが友人に向けられた言葉であっても、それを引き出せたことに喜んでしまう。

嘘ではない言葉の響きが嬉しい。

俺のそんな気持ちを知らないから、彼は腕を伸ばして俺を抱き寄せた。

「安心しろ。こう見えても俺は頼りになるぜ」

そんなの、知ってますとも。

だからこんなに胸が熱くなってしまうんだから。

でも言わない。

指が触れるだけで小娘みたいにドキドキしていた時期は、もうとっくに過ぎていた。

今では、触れられると痛みを感じるほど、あなたが好きになっている。

「これからのこと、もっと話し合いましょう。俺の知らない事、気づいてない事をもっと教えてください。あなたの側にいるなら、迷惑をかけないで済むように」

こうしていると、泣きたくなるほど切ない。

俺の中で東城さんの存在は大きくなり過ぎて、もう諦めることも出来ないこの人の気持ちが自分に向かなくても、このまま好きでいたい。好きでいること自体を諦めるなんて、もう無理だ。

この気持ちを悟られたら、もう笑ってごまかすことも出来ないだろう。

問いただされたら、俺はきっと本気で『好き』と言ってしまう。

だから、本格的に俺は自分の気持ちを隠す決意をした。

「言ってください。俺がどうすればいいのか」

遠ざかるくらいなら我慢してでも側にいたい。

そう思い始めていたから。


これからのことが決まったから出社するようにと会社から連絡を受けたのは、既に一連の事件から十日以上過ぎた頃だった。

東城さんにその旨を伝え、これでにわか何でも屋は終わりだ。

久々にスーツに身を固めて向かう会社。

オフィスではなく、プロジェクト・チームが招集されたのは会議室。

成田さんの葬儀以来に集まった者は皆、神妙な顔で正面に座る部長と小林さんを見つめた。

「随分長くかかったが、やっと結論が出た」

口を開いたのは小林さんで、その顔はあまり答えが出てすっきりしたとは言い難い。むしろうんざりしてる、という感じだった。

「プロジェクトは一時凍結だが、警察への協力という観点から、まずは成田さんの仕事の洗いだしの作業をすることに決まった」

その言葉に、隣に座っていた山川さんがそっと俺に耳打ちする。

「成田さんの命を奪ってまで欲しがられた『何か』が、会社にとっても利益になるって判断したんだぜ。案外小林さん達ドライだよな」

そしてそれをそのまま口に出したのは溝口さんだ。

「それは成田さんの殺人事件が、仕事上のことに関与する、という判断なんですか？　そしてあわよくばそれを手に入れようっていう」

肯定的ではない質問に小林さんの顔が歪む。

「あわよくばってのはあまりいい言い方じゃないな。それに、成田さんの死亡の原因が仕事上のトラブルにあるんじゃないかというのは警察の見解だ」

「警察の意見を鵜呑《うの》みに？」

「もちろん、私生活でのトラブルということも考えに入れて警察は動いている。だが手掛かりがない以上、こちらも協力せざるを得ないわけだ」

「協力はしたんでしょう？　話のわかる人間を連れて来たらしいじゃないですか」

石橋さんの質問に、小林さんは部長を顔を見合わせ、苦笑いした。

つまり、その程度の人間しか来なかったということなのだろう。

返事は必要なく、一同全員が納得した。

「具体的に、何をやらせようっていうんです？　成田さんが何をシミュレートしてたかぐらい、コンピューターに残ってるんでしょう？」

「ロックがかかってて、まだシミュレーションの全てを閲覧出来たわけじゃない。それに、やまほどあるシミュレーションのどれが、彼の秘密に繋がってるかもわからない」

そこで小林さんは言葉を切って俺の方を見た。

「白鳥、お前に心当たりはないか？」

会社を休む前にも、先日の電話の時にも聞かれた質問。

何度聞かれても答えは同じなんだけどな。

「ありません。先日警察の事情聴取の時に話した通りです。パーティには同行しました。その時に面白いものを発見したとは聞きました。でも俺にはまだ秘密だって言ってましたから。ただその件で広川教授に聞きたいことがある、と言っていたので教授が一番心当たりがあるんじゃないかと思うんですが…」

「お前からそう聞いて、広川教授に当日に何を話したのか聞いてみた」

「それで？　何と？」

一同が少し身を乗り出す。

何だかんだ言っても、みんなそのことに興味は抱いていたのだろう。

だが答えは期待に添うものではなかった。

「それが何とも」

「何とも？」

「教授が言うには、シミュレーションで得た結果の権利は誰に帰属するか、と聞いてきたらしい。つまり、シミュレーションの企画とプログラムを作った人間か、その人間が所属する会社か、仕事を依頼してきたクライアントか、と」

「なんだ、発見の内容じゃなくて、権利関係のことだったのか」

山川さんは残念そうに呟いた。

「他にも色々聞かれたように思うが、何せパーティ会場だったし、広川教授は老齢の上パーティの主賓だ。話しかけて来る人間も多かったから、細かい内容は覚えてないそうだ。それで結局は引っ繰り返して探し直そうってことになったわけだ。もしかしたら犯人に繋がるメッセージが残されてるかも知れないだろう？」

それには溝口さんが異を唱えた。

「そういうものがあるなら、自宅の方なんじゃないんですか？　わざわざ会社のパソコンにそんなものを残すなんて、考えられないですよ」

「自宅はもちろん調べたさ。警察立ち会いで、パソコンの中身までな。だが何にもなかった。もう一度調べ残したものがないか、行ってみるつもりだが、君達専門家の手でパソコンの中身を調べて欲しいんだ」

「一度調べたところでも、もう一度調べれば何か見つかるかもって？　警察はそれほど間抜けじゃないでしょう？」

　話の流れからぽろりと溝口さんが零した一言。

　それが引っ掛かった。東城さんが口にしたセリフと同じで。

「部屋の方はな。だがコンピューターの中を捜すのは素人だったよ」

　思わず、俺は小林さんに向かって聞いてしまった。

「成田さんの部屋を調べたのはどなたですか？」

「うん？　俺と部長だが、それがどうしたのか？」

「いえ、警察の方だけだったら心もとないと思ったものですから」

「だから言っただろ、警察立ち会いでって。とにかく、システムの方もデータの方も、全てチェックするんだ。何かわかったら、俺か部長に報告するように。それから、これから社内での行動は二人でするように」

「それは俺達を疑ってるってことですか？」

石橋さんが皮肉っぽく問いかけた。

妥当な考え方だが受け入れられないという言い方。

「そうじゃない、危険だからだ」

と小林さんが答えても、石橋さんは肩を竦《すく》めた。

「どうだか。何かを発見しても、勝手に持ち出さないように、監視を付けるんじゃないんですか？」

「そう思うんなら、外れてもいいんだぞ。言っておくが、信用してなければ他の連中に任せるなり俺が一人でやってる。実際、チーム自体を解散するという案も出た。だが、仕事は既に半分以上終わってる。ここで新しい連中に委譲するくらいなら少し時間がかかっても今のチームで最後まで続行する方がコストも時間もかからないという判断をしたんだ」

そこで小林さんは全員の顔をゆっくりと見回した。

「お前達は成田が世紀の発見でもしたように考えてるが、俺はそんなことはあり得ないと思っている。俺達が行っているシミュレーションの殆どはクライアントが提案したものだ。成田さんがそれに幾つかのシミュレーションを勝手に付け加えたとしても、専門の人間が想像出来ないようなものがあったとは思えない」

「白鳥んとこの泥棒は？」

「単なる物取りだろう。時期が重なったから関係があるように思ってるだけだ。クライアントの方からは、契約を継続させたいなら取り敢えず仕事を進めろと言ってきた。これ以上滞るようなら契約自体を解除したいとな。今までのデータをチェックするのは世紀の発見を探すためじゃない。成田さんが勝手に中身を弄《いじ》ったかどうか、そのせいでバグが起こってないかどうかをチェックするためだ。ここまでのものを引き渡すにしても、何か余計なトラブルがあったら困るからな」

説明はこれで終わりだ、というように小林さんは乗り出していた身体を椅子に沈めた。

言っていることは正しいと思わないでもない。

成田さんは決してバイオケミストリーの専門家ではない。今回のプロジェクトを長く手掛けている関係上、詳しくはあるがそれだけのことだ。

コンピューターの専門家である彼に世紀の発見なんか出来るわけがない。

だが同時に、コンピューターの専門家だからこそ、何かを見つけたのではないかという気持ちがみんなの中に残っていた。

だからこその沈黙だろう。

「さあ、仕事に戻れ。この仕事が嫌だというヤツは申し出ろ、今なら任を外してやるから」

誰も手を上げるものはおらず、その沈黙のままガタガタと立ち上がった。

ここで何を言っても答えが出るわけじゃない。どんな大問題がそこに存在していたとしても、それは自分には関係ない。

それなら今は仕事をするしかない、というように。

自分も考えは同じだ。ここで何を言ってもどうにもならないのなら、仕事をしよう。そう思ってみんなに続いて部屋を出ようとすると、突然山川さんが背後から首に手を回して抱きついてきた。

「白鳥」

少し体重をかけられ、歩みが遅くなる。彼も歩いたままだから、足を止めることなく話をする。

「小林さんはああ言ったけど、やっぱり何かあると思うよなぁ？」

歳が近いせいか、どうも山川さんは俺にだけ本音を漏らしてくるようだ。

「俺にはわからないですよ」

「でも白鳥んとこで盗まれたのがディスクだけってのは、お前だっておかしいと思うだろ？」

「それはまあ…」

目の前でエレベーターのドアが閉まり、俺達だけが乗り遅れる。

「小林さんって、何か隠してるような気がするんだよな」

「…そうかな？」

「だって、俺達のこと本当に信じてるんなら、事件のすぐ後にチェックしろって呼び出したはずだろう？　なのに今更の呼び出しでお前達のことは信じてるって言われても、なあ？」

それはそうかも。

今も小林さんを含め上層部は、俺達に微かな疑いを抱いているだろう。

「でなけりゃ、小林さんが今まで何か細工してたのかもな」

「自分だけでチェックしてて、何にも見つけられなかったから俺達を呼んだとかさ」

「細工？」

「そんな、それじゃまるで…」

その言い方では小林さんが例の『何か』を捜しているような言い方ではないか。

「小林さんなら成田さんとは親しかっただろうし、プロジェクトのことは殆ど知ってただろうしな」

それを肯定するように、山川さんはボソリと言うと、彼から身体を離した。

「あの後、お前んとこ何か変なことあった？」

語調を変え、にこやかな顔がこちらに向けられる。

「別に」

「まだ隣の人んとこに世話になってんのか？」

「いいえ。もう鍵も替えましたし、部屋に戻ってますよ」

これは嘘だ。

俺は未《いま》だに東城さんの部屋に住ませて貰っている。

けれど二人で話し合った結果、対外的には俺は自室に戻ったということにしようと決めたのだ。

もしも内部に不埒な輩《やから》がいるとしたら、俺が不在と知ればもう一度侵入を試みるかも知れない。また、何時までも部屋に戻らないと戻りたくない特別な理由があるのではと、痛くもない腹を探られるかも知れない。

だから、東城さんの部屋にいることは秘密にしよう、と。

「だよな。マンションの隣人なんて友人じゃないんだから、そう何時までも世話になってらんないよな。もし部屋にいるのが怖くなったら、今度は俺んとこへ来いよ。俺は白鳥のこと好きだしさ、お前なら何時でも歓迎するぜ」

「ありがとうございます」

「本当だぜ。お前なら、俺はどこへでも連れてって構わないと思ってるんだ」

「連れてくって、どこへです？」

「俺が行くところならどこへでも、さ」

彼がそう言って意味深な笑いを浮かべた時、エレベーターがやって来て扉を開けた。

中には先に人が乗っていたので、会話はそこで途切れる。

色んな可能性と疑問。

心の中にわだかまりが残る。

やっと仕事に戻れてよかったという反面、まだ暫くは人間関係にギスギスしたものが続くのかという嫌な予感と共に…。

俺達の仕事というのは殆どが一人でするもの。

パソコンに向かってモニターを見つめ、キーボードとマウスを動かしている間は特に誰かと言葉を交わすこともない。

せいぜいが朝出社した時と昼休みの時ぐらいだが、どちらも休憩室で他のチームの連中と一緒になるから特に辛いこともないだろうと思っていた。

だが、その他所《よそ》のチームの人間のが興味津々で色々尋ねてくるとは…。

上からあまり余計なことを喋らないようにと言われているだけでなく、事実自分達が知っていることなどないのだから返す言葉などない。

けれどそんなことおかまいなし、だ。

彼等にしてみれば茶飲み話程度のことだろうけど、聞かれる方は気分が悪い。

「成田さんの幽霊でも出て来てくれりゃいいのにな」

「警察に呼ばれたりしないのか?」

「バイオ系ってのはそんなに儲かる仕事なのかね」

「何かアヤシイ物見つけても黙って持って行くなよ。お前達んとこのせいで、セキュリティ厳しくなるって話だぞ」

苦笑いで流すしかないような言葉の群れ。

特に俺は泥棒に入られたことと、成田さんと最後に会った人間（本当の最後は会社でみんな一緒なのだがパーティのことがあるから）として、みんなの興味は俺に集中した。

何となく漂う『誰が怪しいんだ？』という空気。

白鳥は何か知ってるんじゃないのか？　という視線。

相手にしなければいいのだけれど、気持ちは重い。

そしてそのことよりも気持ちを重くさせたのが、ここのところ東城さんのところにかかってきてる電話だった。

彼の部屋にお世話になってから今まで、東城さんは仕事の電話も、プライベートらしき電話も、特にこそこそとするようなことはなかった。

携帯だろうが家電だろうが、かかってくればそのまま喋り始める。

こっちが気を遣って席を外すことはあっても、彼の方から出て行けと示唆されることも、席を外されることもなかった。

だが、数日前から彼は時々電話を受けるとチラッとこちらを見てゆっくりと席を外すのだ。

あれはきっと同じ相手からに違いない。

だって、他の電話はこれまでと同じように気にせず喋っているのだもの。ある特定の相手からのだけ、聞かれたくないと思っているのだ。

俺に聞かれたくない相手…。

そう考えた時、真っ先に浮かんだのはホテルの美女だった。

彼の不倫相手、麗しき有閑マダム。

彼がノーマルで、今相手にしている人がいる、というのは最初からわかっていることだった。あの時目撃したし、彼にも肯定されたし。

でもあの時はまだ、浮ついた『好き』でしかなかったけれど、今は切なくなるほど彼が好きだから、女性の影に腹の辺りがずんと重くなる。

またあの女性と会うのかな。

自分はやっかいものになってきたのかな。

一般市民の俺としては、殺人事件や世紀の発見より、そっちの方が気に掛かってしまう。

「山川さんが、サブ・リーダーの小林さんが怪しいって言うんですよ。それと、コーディネーターの石橋さんがチームを降りたいって言い出したみたいで…」

と、例の一件に関係することを話題にするのは、彼の気を引くため。

「他に動きを見せるヤツはいないのか？」

「今のところは。みんなデータチェックで一日中無言ですから」

「山川ってのはよく名前が上がるな」

「山川さんはデスクが隣ですし、仕事が同じですから。それに、歳が近いので」

「元々か？　それとも以前から親しかったのか？」

「元々です」

「石橋ってヤツがチームを辞めても、会社を辞めるってわけじゃないんだろ？」

「それは当然です。っていうか、辞めて欲しくないので、今小林さんが説得してるようですね」

こんなふうに会話が進んでいる時普通の電話ならば彼はちょっと待てというように手を上げ、横を向いてしまうが、電話を切ればまた話に戻ってくれる。

けれどその電話がかかって来ると、彼は受話器を持ったまま仕事用だという部屋へ入って暫く出て来ないのだ。

文句は言わない。

言える立場ではないから。

近づくことも離れることも出来ない。ましてや電話の相手を問いつめるなんて出来るわけがない。

ただ会社でのことと相俟《あいま》って気分が益々《ますます》息苦しくなるなあと思っていた時、ついに東城さんから申し出があった。

「悪いが、白鳥。今日は自分の部屋へ戻ってくれないか？　来客があるんだ。何かあったら電話していいから」

いつか言われるとは思っていた。

いままでも一緒ではいられないと覚悟はしていたし、もう戻って来るなと言われるよりはマシだ。

だから「いいですよ」の一言と共に部屋を出るしかなかった。

夕飯の前に自分の部屋に戻り、大きなタメ息をついて久々の自分のベッドへ身体を投げ出す。

誰かが来るから部屋を出された。

その『誰か』が誰なのかが問題だ。

あのセレブっぽい女性がここまで来るのだろうか？

相手に不足のない人みたいだから、他の女性って可能性もあるだろう。

そういうことばかり考えてしまうが、もしかしたら仕事かも知れない。俺に知られたくないアブナイ仕事だってあるだろう。

それはそれで何となく気に掛かるが。

部屋に一人でいても時間を持て余してしまうし、隣の部屋のことを必要以上に気にかけてしまうから、俺は財布だけを持って外へ出た。

ずっと東城さんのところにいたから冷蔵庫は空っぽなので、久々に外食をするために。

近くの牛丼屋《ぎゅうどんや》へ入り、素早く出て来る丼《どんぶり》をカウンターで一人かき込む。

仕事は好きだけど、会社の空気は悪い。

まだ謎の侵入者や成田さんを手に掛けた人間のこともわかっていない。

そんな中、東城さんを想い続けていることだけが幸福な時間だったのに、彼の向こうに『誰か』の影を見ると辛くなる。

ほんの一カ月前まで、毎日がそれなりに楽しいものだったのに。人生なんて何が起こるかわからないものだ。

食事が終わると、俺はそのまま酒を飲みにショットバーへ向かった。

酒を飲んだから何だというわけではないのだけれど、鍵を替えてもあの部屋で一人夜を過ごすためにはアルコールが入っていた方がよく眠れると思って。

東城さんから引き離されると、初めて自分が結構怯えているのだと気づく。

あの人の側にいると、大丈夫って気がして、一度も眠れなかったことはなかった。

もし賊が侵入してきても、彼がいれば何とかなる気がしていたし、彼のところには賊さえも入って来ないような気がしていた。

よく考えれば根拠のない安心なんだけど。

依存している。

彼を好きになってはいけないと何度も繰り返しても、俺はどんどん彼なしではいられなくなってきている。

これを何とかしなくちゃ。

いっそのこと、今日を限りに自分の部屋で生活すると言おうか?

…だがそれも出来なかった。

半分はまだ怖かったから、残りの半分は一度戻ったら、もう彼と共に生活するチャンスがないだろうとわかっていたから。

バーでは水割りを二杯飲んだ。

酒は強くはないので、それだけでも顔が熱くなった。歩いて帰るにしてもあまり酔わない方がいいだろうとそこで杯を置き、店を出る。

帰りにコンビニでビールを買って、後は部屋で飲んだ方がいい。それなら眠くなってもそのままベッドに横になれるし。

マンションに入る時、周囲を見回してしまったのはやっぱり何かが怖かったからだ。

エレベーターに乗った時も、いつもなら扉が自然に閉まるまで待つのだけれど、慌てて閉じるボタンを押したのも、誰かが飛び込んで来るような気がしたからだ。

三階へ到着した時も、すぐに降りはしなかった。

そうっと顔を出し、廊下に人影がないのを確認してから外へ出る。

そのまま自分の部屋へ向かってゆくと、隣室のドアが開いた。

「だから、金はいいって言ってるだろ」

東城さんの声。

「愛情の証なんですから、受け取ってくださいよ」

男の…声？

「愛情だけ受け取っとくよ」

「またそんなことを…」

会話が怪しくて、ドアを閉じることが出来ない。

聞いてはいけないと思いつつ、耳を傾けてしまう。

と言うか、二人が立ってる隣が自分の部屋なのだから近づいて行かざるを得ない。

「いいから早く帰れ」

「塊さん」

近づいてゆく俺の手元で、提げていたコンビニのビニール袋がガサガサと鳴る。それを聞き付けたのか二人の会話が止まり、男が開いたドアの影からひょいと顔を出した。

別にあなたを目指してるわけじゃないんです、そこが俺の部屋なんですとアピールするようにポケットから鍵を取り出した。

「何だ？」

男に続いて東城さんも顔を出す。

「よう、白鳥」

「…今晩は」

悪びれない顔。

いつもと変わりない。

「どっか行ってたのか？」

「食事に…、冷蔵庫の中が空っぽなので」

「ああそうだったな。ビール買って来たのか？」

「ええ」

「じゃあ丁度いい、こっち来いよ。こいつはもう帰るから一緒に飲もう」

こいつ、と呼ばれた男は不服そうに俺を見た。

値踏みするような鋭い視線。まるで親が子供の友人をチェックするような、恋人がライバルを睨むような視線だ。

年齢は自分達と変わらない程度だから、親というよりは恋人の方か…？　男の、エリートサラリーマンみたいな外見からしてそんなわけないと思うけど。

「ほら、お前は帰れよ」

東城さんがその男の背中を軽く叩く。

「彼は…？」

「追及するな、お前にゃ関係ないだろ」

「あまり深くは…」

男が言いかけると、彼はこちらを見ながら笑って男の背を押した。

「ヤキモチ焼くな。ドライに行こうぜ」

「私が何故ヤキモチを…！　…わかりました。今日のところは帰りますよ。それじゃ、あまりくだらない浮気はなさらないでくださいよ」

もう一度こちらを見た男は、そのままそそくさとその場を去った。

残された微妙な空気。

「入れ、一杯やろう」

促されて彼の部屋へ入りはしたが、玄関から先には進めない。

「どうした？」

「今の方は…」

聞いてはいけないとは思うが、聞かされた会話の内容が流すことの出来ないものだったから、つい問いかけてしまう。

「客だよ」

「お仕事の、ですか…？」

「まあな」

「何の？」

東城さんはこちらを見て、笑った。

「色々さ」

「でも愛情とか、ヤキモチとかって言ってませんでした…？」

俺の問いかけに驚いた様子もない。

「やっぱり聞いてたのか。お前の嫌いな仕事だな。不道徳な商売さ」

不道徳、と言いながら悪びれた様子がないのはあの時と一緒。

「あの女性の使いですか？」

けれど答えはあの時とは違っていた。

「あの男が客なんだよ」

胸がズキリと痛む。

あなたは女性が好きなんじゃないんですか？　相手はあのマダムだけじゃないんですか？

「それって…、男性を相手に売春してるってことですか？」

そのものズバリを聞いても、彼はからかうように身を引いて、ポケットから出したタバコを咥えただけだった。

「だったらどうする？　今夜は自分の部屋へ戻るか？」

危ない仕事をしているのかもと思ったことはあった。そんな雰囲気のある人だったし、不倫をしてることを堂々と公言し、悪いことじゃないと言い切ったのも聞いた。

けれど、まさか男性と寝て金を取るようなことをしていようとは、考えもしなかった。

普通なら、ショックを受けるものだと思う。

事実、俺は衝撃を受けてはいた。けれど俺の心の中にはショックとは別の感情が湧き上がってくるのを感じた。

「嫌なら帰ってもいいぜ。白鳥はどっか潔癖なところがあるからな。こういうのは嫌いだろう。だが、まだ暫くは…」

我慢していたのだ。あなたが女性の手しか取らないと思っていたから。

「…幾らです？」

でもその手が男にも伸びるなら、それが誰でもいいのなら、どうして自分が求めてはいけないなんて禁欲的でいられる？

「何だって？」

「あなたを買うのに幾らかかるのかって聞いたんです」

東城さんは俺の質問を別の意味に取ったらしい。

「金は何で稼いだって金だろう」

そんな金を稼ぐくらいなら、別の仕事をしろと言うとでも思ったのか。

確かに彼が知っている俺ならば、そういうことしか言わないだろう。けれど俺には彼の知らない面がある。

彼が思うほど清廉でもなければ、子供でもないのだ。

「俺があなたを買うのに、幾ら出せばいいのかと聞いてるんです」

「お前が？　俺を買う？」

一瞬、意味がわからないという顔をしながらも、すぐにまたその顔に笑みを浮かべた。

「ボディガードにしたいって言うなら、別に金は取らないぜ。こいつは俺の純粋な義侠心《ぎきょうしん》と興味だ」

「ボディガードだなんて言ってないじゃないですか。さっきの男の人と同じ意味ですよ」

「白鳥?」

「相手をして貰うにはいくら出せばいいのかってことです」

彼の笑みが張り付いたように止まり、間が空く。

笑い飛ばす最後の機会を失って、続く沈黙。

もう後には引けない。

「冗談だろう?」

「だって、誰でもいいんでしょう? 俺だっていいじゃないですか」

顔が近づき、クン、と匂いを嗅がれる。

「…お前、酔ってるな?」

「飲んではいますが、自分の言ってることがわからないほどじゃありません」

「男を相手にしたことがあるのか?」

相手にしたことなどない、あなたが好きだからだ、と言ってしまおうか? その覚悟はある。

けれど遊び人は真剣な恋心を嫌がるものだというし、初めての人間は相手にしにくいとも聞く。本気だと言って遠ざけられるくらいなら嘘をついた方がいいのだろうか?

「今は相手はいませんけどね」

考えて、俺はどちらとも取れる答えにした。

「外に出て、素性の知れない人を相手にするのは嫌だし、東城さんが慣れてて、そういうことが出来るなら、お願いしたいと思っただけです」

「…お前には驚かされるな」

東城さんは腕を伸ばし、俺の手を取った。

「来いよ」

強い力。

「そんなとこに突っ立ってちゃ、何にも出来ねぇだろ」

いつもより低い声。

俺は選択を誤っただろうか？

でも鼻先に餌《えさ》をチラつかされて我慢が出来るほど人間が出来てない。

心の飢餓感を抑制出来ないほど、飢えていた。

好きだなぁ、と自覚してから、彼が男性を相手になんかしないんだというのが最後のブレーキだったのだ。だから期待しても仕方がないと、それだけを何度も言い聞かせてきた。

でも他の男を抱いたのなら、それが真剣な愛情でないのなら、俺にも分けて欲しい。

「ジョークだったらここまでにしておけよ？」

最後の確認というように、東城さんが聞いた。

「こんなこと、ジョークでは言えませんよ」

手にしていたコンビニの袋が奪われ、奥の部屋へ連れて行かれる。

初めてこの部屋へ泊まった時に一緒に寝た、あの大きなベッドのある寝室に。

この部屋でそういう客を取るから、あんなに大きなベッドを入れていたのかと、変なところで納得する。

「脱ぎな。それとも脱がして欲しいか？」

「…自分で脱ぎます」

緊張していたのか酔っていたのか、着ていたシャツのボタンが上手く外せなくてもたもたしていると、彼の手がそれを引き継いだ。

恋をしていると、伝えるつもりだったのに。

遊びじゃないし、誰でもいいわけでもないのに。

それを口に出来ないまま彼の手を求める。

自分でもバカだな、と思うけど止まらなかった。

止めるつもりもなかった…。


不安だったのかも知れない。

だから強い東城さんにもっと寄り添うために、その手を求めたのかも。

強くはない酒を飲んで酔っていて、現実感が薄かったのかも。

彼に抱かれた男がいて、『愛情の証』とか『愛情だけ受け取る』なんて会話を聞いて、嫉妬《しっと》に駆られたのかも知れない。俺にはそんなセリフ言えないし、聞けないから。

でも根底にあるのは恋心だ。

それだけは間違えていない。

だから、彼の手が直接肌に触れると、それだけで胸が高鳴った。

初めてだと悟られないように声を殺し、身体を求めるために触れてくる他人の手を意識し、ベッドに横たわった。

すぐに服を脱ぎ捨てた彼の身体は逞しく、上から覆い被《かぶ》さるように乗られると、微かな恐怖を感じた。

これからどうなるのか、途中で止めたと放《ほう》り出されたらどうしようか、他の人と比べられて面白くもないと言われたらどうしようか…。

そんな様々な思考が頭の中をぐるぐると回ってゆく。

横になる前に全てボタンを外されたシャツが開かれ、唇が胸に触れる。

「ん…っ」

声を上げないようにと思っていたのに、疼《うず》くような感覚が広がり身体が震えた。

睦言《むつごと》はない。

キスもない。

「リラックスしてろよ、ちゃんと気持ちよくしてやる」

「…経験豊富なんですか？」

「それなりにな」

セックスがどんなものだか知らないほど無知ではなかった。

男同士でどんなことをするのかも、ある程度察しはついていた。

でも実践はしたことがなかった。

女性との経験はあったが、それは相手が好きだったからというのではなく、何となく周囲に合わせて経験だけしておこうという程度のもの。

その時も、ドキドキはした。

自分の知らない丸みを帯びた柔らかな身体に、本能のようにときめいた。

けれど今は違う。

自分と同じ作りでありながら異質な、逞しい男の身体。

感情が何かを期待して感覚を鋭敏にさせる。

「あ…」

舌が肌を濡らし、手が下肢に伸びる。

ズボンの上からそこに手を置かれるだけで反応してしまう。

「なるほど、俺でもいいからってくらい溜《た》まってたみたいだな」

そうじゃないけど、否定も出来ないから返事はしない。

すると手はファスナーを下ろし、前を開いた。

下着の上から軽く食《は》まれ、更にそこが硬くなる。

溺れてゆく。

シーツの海に呑《の》み込まれ、身体が深く沈んでゆく気がする。

でも余裕なく快感を味わってはいけない。

もう少しだけ我慢して、言葉を交わして、愉《たの》しんでいるフリをしなくては。必死過ぎると引かれてしまう。

「…俺なんかで、その気になります？」

「やっちまえば男なんてすぐ勃《た》つもんだ」

「相手が誰でも？」

「まあな」

酷い言葉で少しだけ頭が覚める。

そうだ、自分は彼から快楽を金で買っただけの人間なんだ。

東城さんは俺が欲しくて触れてくれているわけじゃない。

「女の人と…、違います…？」

「そりゃあな。女にゃこんなモノは付いてないからな」

言いながら彼が下着から引き出した俺のモノに舌を絡ませた。

「…あ!」

我慢しようと思っていたのに、さすがにそこは我慢出来ない。

「感度はいいな」

「だ…誰だって、男ならこうなるでしょう…」

「ノーマルな男は男に嘗《な》められたら萎《な》えるだろう」

「だから…、俺は男の方がいいんです…」

「のようだな。酔ったノリとか、自分の部屋で一人で過ごすのが嫌だから言い出したことかと思ってたが、ちゃんと反応してる。皮も剝《む》けてるしな」

話している間も、指は俺を嬲《なぶ》る。

「女と寝たこともないかと思ってた」

だから息が上がる。

「そんな…、子供じゃありません…」

「だな、見かけに騙《だま》される」

「騙すなんて…。俺を子供扱いしないで…ください…」

「してねぇよ。少なくとも、ガキを抱く趣味はねえ。金を積まれても。もういいから黙ってろ。してる最中にグダグダ喋られると興ざめだ」

「…はい」

彼の顔は自分の下半身にあって、その表情が見れなかったのが残念な気もした。

かといって自分から彼の方へ目を向けることは出来ない。

感覚が、彼がそこで何をしているのかを伝えていたから。

感触だけでも感じているのに、それを視覚として捕らえたら、我慢なんて出来るわけがない。自分に愛撫《あいぶ》を与える彼の姿を、ちらりと想像しただけでもクるものがあるのに。

「う…っ」

同僚達と飲んだ席で、女性の扱いについて話題にすることがあった。

ただ横にごろりと横になって愛撫を享受するだけのマグロは嫌だとか、変に手慣れてこっちに手を出してくるのは嫌だとか。

自分には関係ないなと思っていたから、敢えて詳しく聞きはしなかったが、こうなるともう少し耳を傾けておけばよかった。

自分の手はどこに置けばいいのだろう。

脚は開いた方がいいのか、閉じていた方がいいのか。

こちらからも何かしてあげた方がいいのか。

「あ…」

悩んでいると、彼の手が俺のスボンを下着と共に引き下ろす。

「腰を上げろ」

と命じられるから、その通りにする。

東城さんはあまり口をきかなかった。

ただ局部に執拗なほどの愛撫を加えるだけだった。

指と舌とで、一番敏感な部分を何度も責める。こちらが堪《たま》らなくなって身を捩《よじ》るまで。

「あ…っ、ん…」

他の人と寝る時もこうなのだろうか？

そう考えた途端、嫉妬の炎が胸をチリリと焼く。

彼は自分のものではないというのに。

「膝くらい立ててろよ」

足を軽く叩かれ、促される。

「…今…しようと…」

やはり立ててた方がいいのかと思いながらも、知ってるフリをする。

「もっと開いて」

拒めば無知だと知られるから、言われた通りにする。

「ん…、ふ…っ」

無防備に晒《さら》された箇所を指が探る。

動き回っていた指が一点で止まり、窄《すぼ》まった孔《あな》を開くようにうねうねと中に入ってくる。

「や…っ」

未知の感覚に身が竦む。

手は反射的にシーツを握り締めた。

だがこちらの反応など気にもしていないように、指は何度か侵入を試み、それが上手く果たせないと知ると舌がそれに変わった。

「だめ…、汚…」

「濡らさないとどうにもならねぇだろ」

「でも…っ…」

柔らかく濡れたものがそこを這《は》い回る。

「や…、だ…」

「止めて欲しいのか？」

その言葉に俺は見えないと知りつつ首を横に振った。

「違…、止めないで…」

今止められたら二度目はない気がして、必死だった。

「東城さ…上手いから…」

「…ふうん」

気のない返事。

でも止めないで。

自分でもわかってる。

これがきっと最初で最後だって。

金であなたを何度も買うなんて真似をすれば、きっと友人としての心は離れてゆく。それはそれで辛くて、続けることは出来なくなるだろう。

今こうしていることだって、終わった時にあなたがどんな目で自分を見るかが怖い。

それでも、抱かれたかった。

一度だけでも、他の人が味わえる東城さんという『男』を知りたかった。

「い…ッ、んん…」

後悔はしている、少しだけ。

何て先走ったことをしたのだろうと。

彼が女性しか相手にしないから諦めたのだ。男性でも相手に出来るとわかった時点で、『いつか』のチャンスを待てばよかったじゃないか。

自分を貶《おとし》め、彼を貶め、無理に今すぐ抱き合うことはなかったんじゃないか、って。

恋情と嫉妬と酔いが、判断を誤らせた。

「や…、指…」

闇雲《やみくも》に欲しがって、暴走した。

「ん…っ」

けれど後悔はあくまで少し、だ。

絶対に手が届かないと思っていた人の手が自分に触れている悦《よろこ》びは綺麗事では済ませられない。

どんな言い訳をしても、彼の指に応えている身体は、これが自分の望みだったと教えてしまう。

純粋でも、純情じゃない。

我慢と理性を持っていても、禁欲的ではない。

今更彼が俺に恋をしてくれるなんて、あり得ないことを夢見るほど子供でもない。

唾液《だえき》で濡らしながら入り口で指を出し入れされる感覚。

「待って…もう…」

ゾクゾクして、寒くもないのに鳥肌が立つ。

腰の辺りから迫《せ》り上がってくる情欲と快感。

「イク、か？」

閉じた瞼の裏でオレンジ色の光がチカチカと瞬く。

「…俯《うつぶ》せろ」

言われても、今度はすぐにそれに応えることが出来なかった。

無意識に身体に力がこもり、動こうとするそれだけでイッてしまいそうだ。

「しょうがねぇな」

指が引き抜かれるから、少しは楽になって息を吐く。

そのタイミングを見計らうように、彼の腕が俺の身体を抱いて俯せに返した。

一瞬だけ自分を包んでくれた腕が、局部に触れていた指の感覚よりも胸を締め付ける。

「…明日は仕事だろ。挿入《い》れないでイかせるからな」

最後までして欲しかった。

痛みがあっても、気持ちいいものでなくても。

けれどもう言葉を吐き出すことも出来ず、乾いた唇は息をするのでやっとだ。

ベッドに押し付けられた顔を横へ向け、彼にされるがまま快感を味わう。

「ふ…っ…う…」

腰を抱えられ、再び彼の指が入り口を弄る。

今度は同時に前も握られ、背筋に何度も快感が走った。

「あ…ん…っ」

喘《あえ》ぐ声が止まらない。

「い…、あ…っ、いや…」

浅いところで動いていた指がずるりと奥へ入り込むと、そこが痙攣《けいれん》するように力が入る。

「だめ…、零れる…」

そのまま先端に指がかかり、軽く引っ掻かれる。

「あ…っ！」

「汚していいから、そのままイけ」

「だめ…」

「いいから」

「あ…」

促すように彼の指が前後で動きを速める。

最中に、彼の顔を見ることは叶《かな》わなかった。

固く閉じた瞼の中にだけ、いつもの東城さんの顔が浮かんだ。

触れられた感覚だけが現実的で、後は全て夢のようだった。

「あ…ぁ…っ！」

深い奥を掻き回され、背中に唇らしい柔らかいものが押し当てられた瞬間、その夢のような快感は自分の中から溢《あふ》れ出し、コントロール出来ぬまま彼の手を汚した。

「…あ…」

脱力し、がっくりと落ちる身体。

耳にうるさいほど自分の呼吸音だけが響く。

目を開けようとして、睫毛が濡れていたことに気づく。

もしも恋人だったなら、彼は俺を抱き締めてくれただろうか。

そのタバコの匂いが残るであろう唇を重ねてくれただろうか。

「自分で風呂に行けるか？」

でも彼がくれるのはそんな言葉だけ。

「…行けます」

起き上がると、見ないようにしていた自分の恥ずかしい格好が目に入る。

下半身は剝き出しのまま、袖だけが残った皺《しわ》になったシャツ。

思わず顔を背け、壁に手を付き、ずっと緊張していたせいで力が入らないふらふらとした足取りでバスルームへ向かう。

その背後から、東城さんはいきなり俺を抱き上げた。

「な…！」

「最後まではしなかったから、オプションだ」

荷物のように軽々と運ばれても、脱衣所の入口までの短い距離でも。それを優しさだと解釈する自分が、ばかだなと思う。

「着替えは適当に持って来て、ここに置いといてやる」

「俺の部屋のプラケースに入ってるパジャマを…」

「ああ、わかった」

余韻もない。

労《いたわ》りもない。

でもいい。

彼を金で買う等と言い出した俺に、まだ触れてくれるなら。

「でも、今はまだ仕事の内なのかも。オプションって言ってたし…」

バスタブに湯を張り、疲れた身体を沈めると、一気に酔いが回る気がした。

身体の中にまた彼の指が残っているような気がして、思い返すと身震いした。

ふわふわして、気持ちよくて、ちょっぴり泣けた。

「何やってんだろうな…、俺…」

どんな大事件があっても、やっぱり人間は自分のことが一番大切なんだと、自分のエゴを嗤《わら》った。

自分は全然『いい人』じゃないなあ、と…。


ゴージャスなホテルのロビーラウンジに、あの女性が座っていた。

つばの広い帽子と大きなサングラスをかけてはいたが、すぐに彼女だとわかった。

だってそんじょそこらに転がっているような美人ではないのだ。

真っ赤なボディコンシャスのドレスは細かなクリスタルビースで作り上げられていて、彼女がティーカップを持つために腕を上げ下げするだけで、キラキラと光り輝いていた。

あれは金のかかった身体だと思う。

衣服やアクセサリーがというのではない。きっと、化粧品やら、エステやら、食事やら、全てに手間と時間と金をかけて、あの美しさを維持しているのだと思う。

天性であれだけの美しさを持っているのだとしたら、神様はエコひいき過ぎるもの。

遠目からぼんやりと見ていると、彼女は入口の方を見てすいっと立ち上がった。

待ち合わせていたのか。

そして相手は…、東城さんだった。

身だしなみに気を遣っていない相変わらずの格好。

胸を開けたシャツと適当にしかクシを入れていない乱れた髪、咥えタバコ。

それでも、二人が並んでいるのはとても絵になった。

あの時のように、女性は彼のシャツの襟元を直してやり、何か囁《ささや》いた。

ああ、そうか。

今気づいた。

マンションで会った『客』だという男には見せなかった気安さが、二人の間にはある。

エリートサラリーマンみたいな男には『もういいだろう、さっさと帰れ』という態度が見え見えだったけれど、彼女の世話焼きには『好きにしろ』って雰囲気がある。

東城さんの本命はきっとこの人なんだ。

相手の女性が結婚していなかったら、身分が合えば、きっと彼は彼女の手を取っただろう。

仕事と言って相手をしている男なんかとは違う。

そして自分に対する態度とも違う。

彼は俺を隣人として、可哀想な犯罪被害者として、一夜の相手としてはそれなりに優しく扱ってくれたけれど、それだけだった。

側に居ることを許すような、何をしても当然という、『繋がり』は与えてくれなかった。

目の前で二人は腕を組み、歩き出した。

東城さんは俺がここにいることなど気づいてもいない。

目が離せなくて、悪いこととは知りつつもつい二人を追いかける。

彼等は連れ立ってエレベーターへ向かった。

きっと上に部屋が取ってあるのだ。

そして自分にはしてくれなかったことを、熱い抱擁や優しいキスを、その部屋でするのだろう。

胸が痛い。

わかっていたことなのに息が苦しい。

一度だけでも抱いて貰えればいいと思って、抱いて貰えたではないか。

キスはなかったが、彼の手でイかされた。

抱き上げて風呂場まで運んで貰えた。

けれど俺はもっとその先を望んでいる。そしてそれが手に入らないことが苦しい。

エレベーターが降りて来るのを待つ間、女性の手が彼の腰に回った。

東城さんの腕が彼女の細い腰を抱き寄せ、二人が深い口づけを交わす。

「…さ…」

想像はしていても、目の当たりにすると辛い。

あの時は、キスまではしていなかったのに。

「東城さ…」

涙が零れてしまいそうなほど、悲しかった。

いいや、『しまいそう』じゃない。ぽろぽろと涙が零れてくる。

泣くようなキャラじゃないだろうと思うのに、上手く呼吸が出来なくて、止めることが出来ない。

声に出して訴えると、彼がこちらを振り向いた。

「苦しい…」

「白鳥?」

俺のところへ来て。

この苦しさを和らげて。

祈るように願うと、彼は女性を置いてこちらへ近づいて来てくれた。

覗き込む心配そうな顔。

長く太い指が俺の首筋に触れる。

「どうした？」

冷たい指が心地いい。

「白鳥？」

「大丈夫…」

心配をかけてはいけない。

世の病弱薄幸を売り物にしたいと考えている女性達と自分は違う。

ふらついたり、涙を流せば誰かが優しくしてくれるだろうなんて考えたりはしない。

不幸というものは本当に味わった時には口にしてはいけないのだ。

俺は子供の頃にそれを一度味わった。

親を亡くして可哀想にと言ってくれる人が、やがて何時までも過ぎたことにこだわってると言い放つのを聞いた。

泣いている子供は、一定の時間が済むと面倒臭いと思われるのも知った。

だから本当に悲しい時、傷付いた時には、それを相手に見せてはいけない。

どんなに優しくされても、続けばやがてそれが重荷になってしまうから。

「大丈夫」

この人には、嫌われたくない。

「大丈夫じゃないだろう」

「…大丈夫です、全然平気です」

泣きながら言っても説得力はないだろうけど、そう言わないと。

「俺は平気」

彼の肩越しに見える、女性は悠然とした笑みを浮かべている。一時あなたの側に駆けつけても、彼は私のところに戻って来るのよ、と言わんばかりに。

だからちょっとだけ貸してあげるというように。

「怖いのか？」

その微笑《ほほえ》みが教える、この人は自分のものではないと。

自分のものにはならないのだと。

そんなことわかってる。もう何度も確認した。

ただ知ってしまったこの指の感触だけが、却《かえ》って自分を苦しめる。

「怖くなんかないです…、俺は一人でも大丈夫」

甘えられれば、きっと幸福とわかっていても、それを望んではいけない。

でもせめて手の届くところにいて欲しいとだけは願ってもいいでしょう？

首筋に残る手に手を添えて、強く握り締める。

「大丈夫です」

繰り返しながら手だけは放せないことを許して。

「でも今だけ…、もう少し側にいて…」

せめてこの涙が止まるまで。

この苦しさが和らぐまで。

そうしたら、俺はまたちゃんと笑うから。

怖いことも不安なことも、苦しいことも、なかったことに出来るから。

もう少しだけ、その冷たい手を握らせて…。


「バカかお前は！」

目が覚めたのは、強いタバコの匂いを嗅いだからだった。

本当はあまり好きではないニコチンの匂いに、呼び起こされるように目を開ける。

途端に頭がガンガンして、気持ち悪くなってしまった。

二日酔い？　たった水割り二杯しか飲んでいないにしては、随分な悪酔いだ。

けれど次の瞬間、目に入ったのは、酷く不機嫌な顔でこちらを見ている東城さんの顔で、自分が寝かされているのが自分の部屋でも、与えられた書庫代わりの小部屋でもないことを知った。

東城さんのベッド？

どうして？

思い出そうとした頭の上に降って来たのが、彼の容赦ない怒鳴り声だった。

「そんなに酒に弱いならちゃんと言っとけ。あやうく死ぬところだったんだぞ」

「な…に…？」

まだぼんやりとした頭で記憶を手繰る。

「死にそうって…俺ですか…？」

「当たり前だ、他に誰がいる」

「なんで…」

「覚えてないのか？」

彼は呆れた、というように大きなタメ息をついた。

「昨夜お前が風呂に入った後、なかなか出てこないからドアを開けたら、お前は中で寝こけてたんだ。俺が気づくのがあとちょっと遅かったら溺死《できし》だ」

風呂…。

そういえば、バスタブに身を沈めてからの記憶がない。

つまりあれか？　昨夜彼に抱かれて、慣れない緊張に身も心も疲れてしまった俺は、湯船に身を沈めたまま寝入ってしまったのか？

「…すいません」

慌てて謝罪すると、彼は幾らか怒りを和らげてくれた。

「まあ飲んでるとわかっていながら風呂に入れと言った俺も俺だ。だが、一人前の大人を気取るなら自己管理くらいしろよ」

「気取るって…」

「酔って風呂で寝て死にかけましたってのは一人前の大人のすることじゃねぇだろ」

「はい…」

ジロリと睨まれて、すごすごと布団の中へ顔を埋める。

「引っ張り出したら指一本動かせないクセに『大丈夫』と繰り返すばっかりだし。よっぽど救急車を呼ぼうかと思ってたんだ。だが色々あるから、これ以上騒ぎを起こしてもマズイだろう」

「あ、でもちょっと頭痛いくらいで、別にどこも…」

「何だと？」

地雷を踏んでしまったらしい。

東城さんの目がキュッと吊《つ》り上がる。

「どこも何ともなくて…」

大丈夫って言おうとしただけなんだけど。

「時計、見てみな」

言われて布団の中で顔を巡らせ、枕元の時計を見る。

針は十時を示していた。

昨夜六時に帰ってから食事行って、お酒飲んで、彼と『いたして』…、それで夜の十時ってことはないよな。

まさかと思って窓へ目をやると、先に立ち上がった東城さんが勢いよくカーテンを開けた。

目が痛くなるほどの眩《まぶ》しい陽光。

ってことは昼近いってこと？

「途中何度か起こしたが、起きゃしねぇ。俺が着替えさせたのも覚えてないだろ」

「覚えてません」

「そんなんで大丈夫って言うか？」

反論の余地ナシだ。

「…すいません」

とひたすら謝ることしかできない。

「会社にゃ、風邪だって電話を入れといた。薬で寝てるから、目が覚めたら本人から連絡入れさせるともな。だから一息ついたら電話入れとけ」

「…重ね重ねすいません」

タバコを咥えたまま彼が近づき冷たい手が額に触れる。

「頭、痛むか？」

「いえ、少しだるいですけどそんなには」

「そんなにはってことは痛むんだな？　…こと自分に関してはお前の言葉は信用しないことにする。お前は強がってばっかりだ」

「そんな」

「もういい、暫く寝てろ。今冷たい水を持って来てやる」

離れた手に微かな赤い痕《あと》。

ひょっとして…。

「東城さん、その手の痕は…」

「ん？」

問いかけると彼はにやっと笑って小さな半円の赤い条が付いた手の甲を俺の目の前に差し出した。

「これか。こいつは誰かさんが握ったまま放さなかった痕だ」

誰かさんって、俺しかいないではないか。

「寝てろ」

重ねて謝ろうとする俺の額をツン、と突ついて彼が部屋を出て行く。

一人になると、自己嫌悪で頭の痛みが増した。

…最悪だ。

何やってるんだよ、俺は。迷惑をかけたくないと思っていたのに、何よりも大きな迷惑をかけてしまった。

きっと随分心配させただろう。

それだけじゃない、彼より小柄とはいえ、意識をなくした男を運ぶなんて面倒だっただろう。

冷たい手も、大丈夫だと繰り返したのも、あの手を摑んだのも全て現実だったのなら、彼と女性の逢瀬を見たのは夢だったってことか。

苦しかったのは、感情じゃなく、本当に息が出来なかったから。

流した涙も、生理的に出たものだったんだ。

だからと言って全てがなかったことになるわけじゃない。あの女性は確かに存在するのだから。

ただ、こうなってよかったと思うこともあった。

彼がああして自分の迂闊《うかつ》さを怒ってくれたから、昨夜の気まずさが消えてくれた。

もし何事もないままだったら、風呂から上がってどんな顔をすればいいのかさえわからなかった。

東城さんだって呆れただろう。

いや、まあ、別の意味では呆れられてるだろうけど。

「この身体に、あの人の手が触れたんだなぁ…」

しみじみと思い出すと、重たくだるい身体にまた痺《しび》れるような疼きが走る。

抱かれる、というのと違うものだった。

ただ気持ちよくしてもらっただけ、溜まってたものを吐き出させて貰っただけ…、と思ってると相手は思っているだろう。

でも俺にとっては、あれでも精一杯の性交だった。

辛いことは辛いけど、幸福も感じてる。

「早いとこ忘れなきゃ…」

喜びを情けないと思う。

いつか、本当に泣いてしまう。

そうなる前に思い出にしなくちゃ。

「何て言うか…、頭の中が煮えてるなぁ」

理性が働くと、忘れようとか我慢しようとか思うのに、感情が動くと忘れられないし突っ走ってしまえと思う。

振り子のように、正反対の方向へゆらゆらと揺れている。

自分では答えは出せない。

でも彼から出される答えは決まっている。

だから楽と言えば楽なのかも。

「白鳥」

水を取りに行くと言って出て行った東城さんは、随分経ってから珍妙な顔をして戻ってきた。

「あ、はい」

コップかペットボトルが差し出されると思って慌てて身体を起こす。

その目の前に差し出されたのは分厚い封筒だった。

何だろうと思っている俺に、彼の方から問いかけた。

「こいつは何だ？」

「は？」

「お前が出したんだろう？」

「何を？」

「今届いたぞ？」

意味がわからないまま、目の前にあるから封筒を受け取る。

大きさはB5くらいだが、厚みがある。手に取るとその厚みは梱包材のエアクッションか何かが入ってるらしい軟らかさがあった。

そして彼の言う通り、貼ってある宅配便の伝票の差出人のところには俺の名前。

もちろん、宛名は東城さんだ。

「世話になってる礼のつもりで何か送ってきたのか?」

右肩上がりのクセの強い文字は俺の筆跡ではない。

「…何で…」

けれど見覚えはある。

俺はもっとちゃんと身体を起こすと、手でバリバリと封をしてあるガムテープを剝《は》がした。

「白鳥?」

どうして、ここの住所を知っていたのだろう。

何故東城さんなのだろう。

しかも今更、だ。

「おい」

引き裂くように開けた封筒の中から現れたのは、ケースに入ったディスクと白い普通サイズの封筒だった。

ディスクだけを手にして見ると、その表面にはアルファベットで大きく『B.D.』と記したテープが貼ってある。

「ブルーダリア…?」

自分のことだけを考えていた頭の中に、『彼』のことが広がって、関係もないのに思わずその一言が口をつく。

「そいつは何だ？」

「…東城さん、成田公康《きみやす》って人を知ってますか？」

「成田公康？　そいつは殺されたお前の上司だろう？」

「知り合いでした？」

「…いや、全然。顔も見たこともないな」

「本当に？　あなたがこの一件に首を突っ込んだり、俺を手元に置いてくれたのは、成田さんと親しかったからじゃないんですか？　彼から何か仕事を頼まれてたりしたんじゃ…！」

『何て名前だ？　その便利屋』

「そんなわけないだろう」

最後のパーティ。

あのホテル。

成田さんは俺に聞いた。

『信用できるのか？』と。だから俺が答えたんだ、『俺はしてますよ。いい人です。ちょっと言葉は悪いですけど』って。

「白鳥」

そしたらあの人は『何かあったら頼むことにするよ』って…。

「白鳥！」

肩を摑まれ、激しく揺すぶられる。

「俺が言ったんだ…。東城さんを使ってくださいねって、信用のおける人だからって。それでパーティが終わった後に貰ってた名刺から住所を写させて…」

あの時まで、成田さんは東城さんのことは知らなかった。

「俺が教えたんだ！」

「白鳥。何があったんだ。こいつはお前が出したもんじゃないのか？」

俺はディスクのケースを手にしたまま首を横に振った。

「違います。俺じゃない。この伝票の字は成田さんの字なんです。でもあの人はもうとっくに亡くなって…」

俺の言葉に、彼が破れた封筒を拾い上げる。

「期日指定だ。差し出し日は一カ月近くも前だ」

「その頃ならまだ…」

「そいつは生きてただろうな」

「ええ…」

頭が混乱する。

成田さんがどうしてこれを東城さんに送ったんだ？　しかも俺の名前で。

「こっちを見てみよう。説明ぐらいは書いてあるだろう」

東城さんが白い封筒の中に指を入れ、中身を引き出す。

一万円札が何枚かと便箋《びんせん》。

「お金？」

「五万入ってる」

彼は数えた札をベッドの上へ投げ寄越し、便箋を広げた。

素早く目を通し、唇を歪める。

よくないことが書いてある、というような顔。

「何て？　何て書いてあるんです？」

「そのディスクをお前に渡して欲しいと書いてある。金は謝礼だと」

俺に？

「見せてください！」

「…ほら」

差し出された便箋には、伝票と同じクセの強い文字がびっしりと並んでいた
『突然の…』」

突然のお手紙で失礼いたします。

私、貴殿の隣室に住んでいる白鳥唯南の会社の上司、成田公康と申します。

白鳥よりあなたの仕事と、信用のおける人物だということを聞き、お願いしたいことがあってこれを送らせて戴きました。

実は、諸事情により、このディスクを手元に置くことが出来なくなり、勝手ながら暫くお預かり戴きたいのです。

到着日前後にはこちらから改めて連絡し、引き取りに伺います。ですが、もしもこれが届いた時点で私がそちらへ連絡せず、引き取りにも行けない場合は、どうか白鳥に同封したディスクをお渡しください。

不躾《ぶしつけ》なお願いであることは重々承知しております。ですが、他に頼める先もなく、東城様の御厚意に縋らせて戴きたいのです。

どうか、何卒《なにとぞ》よろしくお願いいたします』

文末には成田さんの署名が記されていた。

それは社の書類で何度も目にした彼の署名、そのものだ。

「何かを察してたんだろうな」

読み終えた俺の手から、彼が便箋を取り上げる。

「どうして…、どうして俺なんです?」

目眩《めまい》がした。

「お前が一番信用がおけたんだろう。そして俺は事情を知らない第三者だからってところか」

巻き込まれはしたけれど、遠くにあると思っていたものが、目の前に来てしまった。

誤解だと思っていたのに、実際に俺がそれを持つことになってしまった。

「でも俺を信用する理由は…?」

「成田って男がお前に何かを発見したって話をしたんだろう?」

「それはしましたけど…、別に内容までは…」

「だからだろう。お前は成田の発見に興味を持たなかった。問い詰めたり探ったりしなかった」

「だって、後で話してくれるって言うから…」

「だが『誰か』は食いついた。どこで聞いたのかは知らないが、それを聞いた途端、成田って男を追い回した。だからそいつはディスクを家に置いておけなくなった」

「泥棒が入ると思ってたんですか?」

「さもなけりゃ、家まで訪ねて来ると思ったんだろう。事実、殺人者は部屋に招き入れられてる」

そうだ。

刑事がそう言っていた。

恋に溺れていた頭に恐怖が戻る。

まだ終わっていない。

これがこちらにあると知れば、『誰か』は再びここへ来るかも知れない。

「ディスクを開いてみよう」

「ダメです！」

「見るだけだ。俺が見たってどうせ内容はわかりゃしない」

「でも…！」

「中身はお前がチェックしろ。もしかしたらこいつはダミーかも知れないしな」

「ダミー？」

「本当に重要な物は上司の方に届いてるかも知れないだろう？」

「そうか…、そうですよね」

それが慰めであっても、今はその言葉に縋りたかった。

東城さんはすぐにパソコンを取りに行き、ベッドをデスク代わりに床へ座って立ち上げた。

俺はベッドに座ったまま横合いからディスプレイを覗き込む。

ディスクを差し込むと、画面にはパスワードの入力画面が表れる。

「パスワードは？」

「知りません」

「なにかそれっぽい言葉は聞いてないのか？」

それっぽい言葉…。

あの時、成田さんは何と言ってた？

『シミュレーションで、なんだか奇妙な酵素を見つけてね。もしかしたら面白い結果が出るかも知れない』

「『酵素』って入れてみてください」

キーボードを叩く音がしたが、画面は変わらない。

「日本語じゃないな。英字だ」

「それじゃ『ｅｎｚｙｍｅ』で」

もう一度カチャカチャと音がするが結果は同じだ。

「他に」

「『ｆｅｒｍｅｎｔ』」

「…そいつもダメだ」

「『ｎａｒｉｔａ　ｋｉｍｉｙａｓｕ』」

繰り返しても、画面に並ぶのは『ＥＲＲＯＲ』の文字だけ。

「名前を引っ繰り返してもダメだし、お前の名前でもダメだな。他には？　ディスクに書いてあった『Ｂ．Ｄ．』ってのはどういう意味だ？」

「…わかりません」

「英語なら普通『Ｂ．Ｄ．』といやバンドかボードか…。バンクドラフトじゃねぇだろうし。大文字だったらバチェラーディヴァニティ？」

「何ですか、それ」

「神学士だ。だが関係はなさそうだ。Bだけならバイオ、バッド、ブルー、バクテリア…。最終的にはお前に渡せと書いてあるんだから、白鳥が知らない言葉じゃないと思うぞ。何か他人が知らなくて、お前だけが知っている単語だ」

「そんなこと、突然言われても…」

会社で成田さんと話をする時にはいつも側に誰かがいた。

オフィスでは俺の隣には山川さんが、成田さんの側には小林さんがいる。休憩室では他のチームの人間も含め、何人もの人が同席していた。

飲みに行ったこともあるが、その時に何を話した？

「この一件が始まってからのことだ。思い出せ」

この一件…。全ての始まりはあのホテルだった。

成田さんは広川教授に聞きたいことがあるといい、エスカレーターを駆け降りた。

『それはまだ秘密だ。ただ、もし俺の思い通りの結果が出たら、青いダリアが咲くかもな』

青いダリア…。

「『Ｂｌｕｅ　Ｄａｈｌｉａ』…？」

さっき零した言葉が再び思い浮かぶ。

「何だって？」

「いえ、あの時成田さんが青いダリアが咲くかも知れないって。でも俺達がやってるのは植物ではなかったし、酵素でダリアが咲くっていうのも…。ただ『B.D.』には当てはまるな、と」

「それだ」

東城さんは急いでタイプし、リターンキーを押した。

今まで何を打ち込んでも『ERROR』としか出なかった画面がパッと切り替わる。

「ビンゴ」

映し出されたのは、見慣れた画面だった。

会社で、俺達が取り組んでいるゲノムシークエンスのシミュレーションのトップ画面だ。

「貸してください」

俺はパソコンを受け取り、項目を一つずつチェックした。

ズラリと並んだ文字の羅列は、ショットガン法にかけるために短く区切られた配列に便宜上付けられた名称。

これをクリックすると、それぞれの配列に対してシミュレーションする項目が現れる仕組みになっている。

だがこの画面では殆どがアクセス不可だった。

これは見せかけのボタンなのだ。

それでも一つずつ根気よくクリックしてゆくと、一カ所だけアクセスを受け付ける場所があった。

画面は切り替わり、今まで見たこともないものに変わる。

画面上部には大きく『Ｂｌｕｅ　Ｄａｈｌｉａ』と書かれていた。

だが内容はダリアの花のことなんかじゃない。

「これは…」

「何だ？」

「…詳しくは言えませんが、ある特定の酵素をＤＮＡに掛け合わせてるんです」

「それがどうした？」

「普通の人は酵素って言われても、洗剤のＣＭで聞く程度ですよね？　バイオテクノロジーの世界では大変重要な役割があるんです。酵素は基質特異性という特定の基質にのみ働きかける性質があって、目的のものだけを変化させるんです」

「もう少し簡単に言ってくれ」

「通常、プラスチックはゴミとして出しても分解されないと言われますよね？　でもある特定の酵素はプラスチックのみに働きかけ、分解する。今まで処理出来なかったものを処理出来る方法が生まれるわけです。しかも酵素はどこにでもあるし、新しいものが次々と発見されてる。極端なことを言えばこのマンションの植え込みの土の中にだって未発見の酵素があるかも知れない。それが人間にとって有益であると立証されれば莫大《ばくだい》な利益を生むんです。前に言いましたよね？　俺達がやってる仕事のこと。遺伝子の中で何がどんな役割を果たすか、何をすればその遺伝子を変質させられるかをシミユレートしてるって」

「癌に対応する遺伝子に何をしたら癌を排除するのか、増大させるかって話だな」

「そうです。このシミュレーションでは、ある酵素を使ってるんです」

「…それで？　こいつはその酵素を発見したって書いてあるのか？」

「いいえ。ここに使われてるのは既に発見されているもので、別のデータベースから引っ張ってきているだけのものです。でも、それをシミュレーションに使うなんて話は聞いていませんでした。しかも、このシミュレーションの結果が現実に起これば、疾病遺伝子を分解することが出来るかも知れません」

「だから簡単に言えよ」

「さっきの癌の話で言えば、癌にかかる遺伝子を分解してくれるってことです。遺伝的に癌にかかりやすい人からその可能性を除去してくれる。遺伝性の病気に対する特効薬になり得るってことです」

「そいつは大発見だな…」

「もちろん、これがすぐに実用化されるわけではありません。まずこのシミュレーションが実験室レベルで起こり得るかどうかを確認することから始めないと。でも確かに大発見とは言えるでしょう」

「あり得ないこと、か」

「それはわかりません。実際にやってみないと」

「そうじゃない。ブルーダリアだって言ったんだ」

「どういう意味です？」

東城さんは俺からパソコンを取り上げると、電源を落とした。

「ブルーダリアってのは、あり得ないこと、不可能なことを指すんだ。白鳥は色の三原色ってのを知ってるか？」

「混ぜればどんな色でも作れるって色のことで、赤、青、黄色のことですね」

「そう。だが自然界にある花でその三色をそれぞれ咲かせる花はないと言われてる。青いダリアじゃなくて青いバラなら聞いたことがあるだろう。今も研究者が必死になってるが、未だに作ることは出来ない。それと同じで青いダリアってのはこの世にはない。だから青いダリアは『あり得ない』んだ」

「じゃあ成田さんの言ってた青いダリアが咲くかも知れないって言うのは…」

「そんなこと言ってたのか？　だとしたらあり得ないことを起こしてみせるって意味だろうな」

嬉しそうに、子供みたいな笑顔を見せていた成田さん。

それはそういう意味だったのか。

「さて、こいつはどうする？」

「もちろん、すぐに会社に届けます。俺が持っていても仕方のないものですし、会社に届けて公にすればもう狙われなくて済みますから」

「会社の、誰に告げるかが問題だな」

「どういう意味です？」

「忘れたわけじゃないだろう？　言ったはずだ、一連の犯行に関与する人間が社内にいるはずだと」

…それはそうだ。

では誰が怪しいと言うんだ？

誰が信用出来ると？

山川さんは小林さんが怪しいと言っていた。

あの人が一番成田さんに近かったはずなのに何も知らないと言ってるのがおかしいと。でもチームから外れたいと言い出している石橋さんだって疑えなくもない。

「…とにかく、一度会社に電話を入れてみます」

混乱する。

どうすればいいのかわからなくて、誰も信用出来なくて。

見えない影が背後に立ってじっとこちらを見ているような気がして。

でも誰も信用しないままでは前には進めないのだ。

「話をして、それから細かいことを考えます…」

危険が潜んでいても、行動を起こさなければ解決には繋がらないのだから…。

会社に連絡を入れると、電話に出たのは山川さんだった。

『何だ、白鳥。風邪引いたんだって？』

いつもと変わらないテンションの声に少しだけほっとする。

「すいません、急がしいのに突然休んだりして」

『いいよ。色々あった疲れが出たんだろ。今日はこのまま休むんだろう？』

「いいえ、今から会社に行きます。それで、皆さんに伝えて欲しいんですが、もしかしたら成田さんの秘密がわかるかも知れないんです」

『成田さんの秘密？　何だったんだ？』

「それはまだ…」

詳細を口にするな、と言ったのは傍らで電話を聞いている東城さんだった。

何を知り、何を手にしたかを知られれば危険だから、核心には触れずに報告しろと言われたのだ。

『そうか。でも何かはわかったんだな？』

「はい、それでそれをみんなに…」

『わかった。俺から言っておくよ。俺はさ、小林さんが怪しいと思うから、直接部長に報告するけど、それでいいか？』

「はい」

『ああ、今近くに溝口さんがいるから、あの人にまず言っておくよ。それじゃ、すぐにこっちへ来られるのか？　体調は大丈夫か？』

「それはもう大丈夫です」

嘘ではない。

元々緊張とのぼせだけのようなものだったのだ。

さっきの話で驚いたら頭の痛みもどこかへ飛んでしまった。

『わかった。じゃあみんなで玄関先で待ってるよ。社外の人間にはそのこと、言うなよ？　誰が犯人かわかってないいんだから』

「はい」

電話を切ると、東城さんは軽く俺を抱き締めてくれた。

彼を会社まで連れて行くことは出来ない。

たとえ来たとしても、玄関先で追い返されてしまうのがオチだから。

それは彼もわかっているのだろう。向けられる視線には心配だという色がある。

昨夜あんなことを言い出した俺を、変わらずに思ってくれてるんだ。

「行って来ます」

「気を付けろよ？」

「大丈夫ですよ。会社に行ったら、すぐに警察にも連絡しますし」

「お前の大丈夫は信用がならない」

「酷いな」

着替えを済ませ、ディスクを持って出ようとすると、彼はそれを止めた。

「持って行くな」

「どうしてです？」

「お前に何かあっても、ディスクが別の場所にあれば命までは取られないだろう。その時には俺を呼び出せ。迷惑かけるとかくだらないことは考えずにな」

命までは取られないという彼の言葉が、胸の奥を冷たくさせる。

まさかそんなことはないとは笑えないのだ。実際に成田さんは命を奪われてしまったのだから。

「俺に預けるのが心配なら、プロテクトをかけていけばいい」

「東城さんに預けるのに心配なんかしませんよ。一番安心出来る人です」

「不用心だな」

「人を見る目はあるんです。でももしそんなことになったら東城さんが…」

「言っただろう、迷惑だとかくだらないことは考えるな。乗り掛かった船だ。お前がどんなに気を遣っても、俺は勝手に動くぞ。犯罪は好きじゃないんだ」

犯罪は好きじゃないから巻き込めと言うのか、この人は。

らしいと言えばらしいけれど、それではあまりにも危険だ。

「少なくとも、俺はお前よりこういうことに慣れてる」

「こんなことに慣れてる人なんかいませんよ」

「以前言っただろう？　俺は昔アブナイ話に首を突っ込んでたって。だから平気さ」

「でも」

「ディスクが届いたのは俺のところだ。こいつはもう俺の仕事さ。相手だっていつかはそのことを嗅ぎ付けるだろう。お前の気遣いは無意味だ」

そう言われては頷くしかなかった。

この人だったら本当に勝手に動いてしまいそうだから。

「…そんなことにならないように祈ってます。俺が会社へ行けば全部終わりになるはずですから」

「タクシーを使って行け。金なら出してやる」

「いやだな、それくらいの持ち合わせはありますよ」

心配してくれてありがとう。

嫌いにならないでいてくれてありがとう。

二度とその腕に抱かれることはないだろうけれど、変わらずに隣人として、友人として、接してくれるつもりなんですね。

でもその優しさが俺に未練を残させるのに。

「下まで送ろう」

東城さんの部屋を出て、すぐ前の大通りでタクシーを拾った。

乗り込むまで見送ってくれた彼を残し、真っすぐに会社へ向かう。

早く誰かに会いたかった。

会社で、みんなに会って、安心したかった。

事件が解決すれば東城さんの側にはいられなくなるだろう。あの部屋に居る理由はなくなってしまうから。

そういう意味でも、早く解決したかった。

あの指を知ってしまった今、側にいるのはもっと辛くなるだろうから。

見慣れたビルが目に入り、車は何のトラブルもなく会社の前に停《と》まる。

だが金を払って建物に入ろうとすると、奥から山川さんが血相を変えて走って来た。

「白鳥！」

いつもの彼らしからぬ様相に驚いていると、山川さんはそのまま俺の腕を取り、駐車場の方へと引っ張って行った。

「何です？　どうしたんです？」

驚いて問い返すと、意外な返事が返って来る。

「やられた。小林さんだ」

「小林さん？」

「お前から電話があったこと、部長と溝口さんに伝えたんだ。その時、小林さんには言うなって口止めしなかったから、溝口さんがそれを小林さんに伝えちゃって」

まさか…。

「でも、それを知られたくらいじゃ…」

「お前が何か摑んだって聞いて、自分の正体がバレるとでも思ったんだろ。あの人、データ丸ごと持って逃げたんだよ」

「え？」

「どれが当たりかわかんないから、クジの箱ごと持ち出したってことだ」

駐車場に停めてあった山川さんの車に、彼が先に乗り込む。

助手席のドアを開け、早く乗れとばかりに促す。

俺はすぐに乗り込み、シートベルトを締めた。

小林さんがデータを盗んで逃げたなんて、信じられない。

「もっと詳しく教えてください。どこへ行くんです？」

「お前から電話があってすぐに、部長達に報告したんだ。それで白鳥を待っていたんだが、石橋さんが小林さんが大荷物で出てったぞって教えてくれてな。あの人が出掛ける理由はないからすぐにパソコンをチェックしたら置いてあったディスクが大量に失くなってたんだ。もう部長が警察に電話した。溝口さんはパソコンの中のデータをチェックしてる。俺は部長に頼まれてお前が来たら一緒に小林さんの家へ向かえと言われたんだ」

エンジンがかかり、車が走り出す。

鼓動が速くなってゆくのを耳の奥で感じていた。

事件が起こった以上、犯人はいる。社内にその犯人に繋がる者がいるとも予測していた。

でもあの小林さんが犯人に繋がる人だったとは…。

「社内ではまだ俺達のチームの人間しかこのことを知らされてない。事を公にしたくないから。手が足りないんだ。もし怖いんなら、到着してもお前は車に残っててもいいぞ」

「家にいるでしょうか?」

「どうかな。でも会社から直行で逃げるとは考えにくいだろう? 他にも持って逃げたいものはあるんじゃないか?」

「ですね…」

「今なら俺達で説得出来るかも知れない。自首させれば罪は軽くなる。それで、お前は成田さんの何を見つけたんだ? それで犯人がわかるようなことか?」

「いいえ。成田さんが見つけたものがわかったんです」

「本当に? 世紀の発見ってヤツだったか?」

「現実になれば。まだ仮定論に過ぎないものでしたが」

「どんなものだった? やっぱり酵素だったか?」

「え? ええ。どうして知ってるんです?」

「いなくなる前に小林さんがチラッと言ってたのさ。そうか、やっぱりそうなのか…」

山川さんはハンドルを握りながら納得したというように小さく頷いた。

そこで一旦会話が途切れ、車が街中を進んでゆく。

小林さんの家がどこだったか俺は知らないが、彼は知っているのだろう。カーナビを見てチェックすることもない。

「なあ、白鳥」

「はい?」

「お前、今の会社に満足してるか?」

「なんです、突然」

「色んなことがあったし、警察にも疑われてるし、あそこには居辛いんじゃないか?」

「別にそんなことは…」

「俺さ、白鳥のことは気に入ってるんだ。今時お前ほど真面目で純粋なヤツはいないって思ってる。一緒に仕事をするのは楽しいし、ずっと一緒にいたいんだ」

「それは、…ありがとうございます」

「多分、白鳥は金とか出世とかにもあんまり興味はないんだろうな。だから、お前を口説くのは大変だと思ってたんだ」

「口説くって…」

自分が男性を好きな人間だから、彼の口にしているのがそういう意味に取れてしまう。実際そういう意味ではないのだろうけど。

「山川さん、その言い方ってまるで恋の告白みたいですよ」

と笑うと、彼はつられたようにその口元に笑みを浮かべた。

「そうか、恋愛みたいか。それだったら簡単だろうな。白鳥あんまり力無さそうだから、強姦しちゃえばモノに出来るもんな」

それだったら簡単ってことはやっぱり告白じゃあないようだ。

だがこの物言いは…。

「随分物騒なこと言うんですね。ジョークでも笑えませんよ」

「はは…、悪い、悪い。ただ力づくで済むなら簡単なことなのにって思っただけさ」

力づくで済むなら簡単ってこと自体が物騒なことなのに。

「俺さ、今アメリカの企業から引き抜きの話が来てるんだ。今の『カイゼル』じゃ、プログラマーというより成田さん達システム・エンジニアのアシスタント状態だろう？　そこは医薬品会社なんだけど、俺にアプリケーション・コンポーネントの設計開発もさせてくれるって言うんだ。ウチは医療やバイオ関係の仕事が多かったから、知識はあるしな」

「はあ。やっぱり、成田さんのことがあったからですか？」

「違うよ。もう随分前から誘われてた。あの人も薄々気づいてたんじゃないかな」

言われてみれば、パーティの時、引き抜きがどうのって話をしていたっけ。

思い出すと、それが件の『パーティの時』だっただけに嫌な感じがした。

「アメリカ、行くんですか？」

「行きたい。お前も連れて」

なるほど、こういう意味か。

引き抜きの話に一緒に乗れって意味での『口説く』なら納得だ。

「俺は行きませんよ」

以前、俺が行くところはどこへでも連れて行きたいと言ったのも、このことだろう。

「いや、行くんだよ」

「行きませんってば。まさか力づくで連れてくとか言わないでしょう？」

当たり前だ、と言ってくれると思ったのに、山川さんは返事をしなかった。

代わりに、突然話題を変えた。

「今回の成田さんの一件にお前は全然かかわってない。それは俺がわかってる」

「え？　はい、そうですが…」

「だから警察や会社がどんなに疑っても、証拠は出ない」

「でしょうね」

何だろう…。何故今そんな話をするのだろう。

「お前が勝手にアメリカへ行っても、逮捕されたりする可能性はゼロだ」

「…はい」

「だから、お前が先に一人でアメリカへ行って、みんなの注意を引き付けて欲しいんだ」

「山川さん？」

「そうすれば、その後で俺が会社を辞めても、誰も俺を疑わない」

「山川さん？」

車が道を曲がって、大きなビルの地下に入り込んだ。

どう見ても住居があるとは思えないようにビルの地下に。

「小林さんの家へ行くんじゃなかったんですか？　ここ、どこなんです？」

滑り込む駐車場に、まるで彼が来ることがわかっていたかのように数人の男達が待っていて、車は彼等の前で停まった。

「お前から電話があったこと、実は誰にも言ってないって言ったらどうする？」

ハンドルに手をかけたまま山川さんがこちらを向く。

笑みを浮かべた顔が、仮面のように気味悪く感じる。

背に、冷たいものが流れた。

「山川さん。あなた、まさか…」

「転職するのに、手土産《てみやげ》が欲しいんだ。お前が手に入れた遺伝子に働きかける特殊酵素のシミュレー

ションデータが」

外にいた男達が近づき、車を取り囲む。

逃げ道はないぞというように。

「一緒に行こう、白鳥」

そして事実、俺は逃げることなど適わない場所へ連れて来られていたのだった。


山川さんとは、ずっと一緒に仕事をしていた。

チームは三度も組まされ、一緒に飲みに行ったりもした。

その間、彼が会社に対して不満を零したのなんて聞いたこともなかった。

だから、彼が犯人に繋がる『誰か』だなんて思いもしなかった。

けれどこうなってから考えると、俺に小林さんが怪しいと吹き込んだのは彼だったし、事件が起こってから何度も『俺に一番に連絡しろ』とも囁かれた。

あれは俺の警戒心を小林さんに向けさせるためであり、俺が何かを摑んでいることを知っていてコナをかけていたということなのだろう。

彼ならば、成田さんはきっと部屋に迎え入れるだろう。

だってチームの一員なのだから。

「成田さんを殺したのはあなたですか？」

車から降ろされ、見知らぬ男達の用意した新しい車に乗せられた後、俺は目隠しをされた。だからここがどこだか、場所はわからない。

「違うよ。新しい会社の連中だ。荒っぽい奴等だから、成田さんを問い詰めてるうちに誤って殺してしまったんだ」

だが移動時間から考えるとまだ都内のようだし、部屋は短期貸しの家具付きマンションといったところだろう。

その一室に、俺は山川さんと二人で閉じ込められていた。

「俺だってまさか殺すとは思わなかった。そこまですると知ってたら、協力なんかしない」

拘束はされなかったが、ドアの向こうには屈強な外国人が数人待機している。俺なんかじゃ彼等を倒して逃げることは出来ないだろう。

「わかってくれよ、白鳥。俺だって怖いんだ。協力者でいる間は連中は俺に危害は加えないだろう。でももし裏切ったら、連中は俺のことだって簡単に切り捨てる。俺はそれを目の前で見たんだ」

「警察に駆け込めばいいのに」

「殺人の共犯者となって？　冗談じゃない。俺はそんなものになりたいわけじゃない」

きっぱりと言い切る彼の姿から、脅《おび》えているという様子は窺《うかが》えなかった。

一度裏切られて信用出来ないということもあるのだろうが、今の彼を見ていると『殺すとは思わなかった』という言葉もどこまで信じていいか。

もしかしたら、彼は知っていながら見て見ぬフリをしたのではないかとさえ思えてくる。

「さっきも言った通り、お前は犯罪には無関係だから、幾ら調べられても証拠はない。だから心配する必要はないんだ。一緒にアメリカへ行って、成功者になろう」

「遠慮します。俺は日本を出るつもりはありません」

「言うことを聞かないと、連中はお前にも何をするかわからないぞ？」

「脅してるんですか？」

「心配してるのさ」

どうだか。

「にしても、まさかデータの入ったディスクを先にお前んとこに送るとはね。俺はただ、あの日ちょっと話があるからって言っただけだったのに、それだけで俺があの人のこと調べてた本人だってことに気づいたんだ」

「調べてたんですか？」

山川さんは、見た目ではいつもと変わりなかった。

会社で会話しているように、笑みさえ浮かべている。

「調べてたよ。あの人が勝手にシミュレーションいじってるって知った時から。こっそり自分でやってたらしいんだけどさ一部が俺んとこに回って来ちゃったんだ。気づかないフリしてたけど、扱ってるのが酵素だってわかって興味が湧いたんだ。ほら、バイオ業界における酵素は一獲千金の匂いがするだろ？」

その変化のなさが、実は自分も怖いんだと言ったセリフを否定していることに気づいていない。

「それであなたの言う『アメリカの会社』の人に話したんですね？　手土産があればもっと優遇されるから」

「それは違うな。向こうは向こうで、広川教授のパーティで成田さんが教授に利権話をしてるのを聞いて調べろと言って来たんだ。連中もあのパーティに出席してたから。それと、手土産を持って優遇されたかったたっていうのも違う。アメリカは実力主義で、すぐにクビも切られる。行ったはいいが一年で契約解除なんて嫌だろう？　だからこれは保険だ。奴等を犯罪にかかわらせて、証拠は握る。それで簡単には俺を解雇出来ないようにしたんだ」

「…それって、彼等があんなことをするとは思わなかったってことと矛盾してますね」

突ついても、彼は慌てたりしなかった。

それどころかぬけぬけとこう言い抜けた。

「暴力沙汰《ざた》程度だと思ったんだよ」

暴力事件程度なら、被害者が届け出るとわかっていたはずなのに。

俺は人を見る目があると思っていたけれど、節穴だったたな。

自分の身近にこんな悪人がいたなんて、全く気づかなかったのだから。

「何にせよ、ここまできたらお前は俺と一緒にアメリカへ行くしか道は残っていないんだ。それはわかるだろう？　さもないと今度は…」

そこまで彼が言いかけた時、ノックの音がして、ドアが開いた。

外にいた外国人の一人が入って来て、山川さんに言葉をかける。

「連絡が付いた。今夜十時、H埠頭《ふとう》で引き渡しだ」

「それはよかった」

「そいつはどうするんだ？　帰せないぞ？」

「彼は俺のアシスタントとして連れて行く。だから何の問題もない」

「そうか」

短い会話だけで、俺に顔を覚えられるのが嫌なのか、男はすぐにまた部屋を出て行った。

「お前のお隣さん、アナクロだな。取引と言ったら夜の埠頭だってさ」

東城さん…。

巻き込みたくないと思っていたのに、結局彼の言った通りになってしまった。

俺は命の危険をやり取りし、彼に助けを求めることになろうとは。

「まあいいさ。夜の埠頭は人目に付かない。なあ、白鳥、今の奴等のセリフ聞いただろう？　お前はもう帰せないってさ」

「聞きました」

「だから俺と一緒に来るしかないんだ。お隣さんに会っても助けてなんて言うなよ？　お前はありがとうって言って、自分で俺達の方へ戻って来るんだぞ？」

「助けて、なんて言いませんよ」

ああそうさ、絶対に言わない。

「そうか。じゃあ時間までここで待ってな。俺は一旦会社に戻るから」

言うわけがない。

こんな危ない話に、いくら本人が慣れてると言っていたとしても、自分の好きな人を巻き込めるわけがない。

ここまでで十分だ。

彼は俺に優しかった。

彼は信用に足る人物だった。

一度だけでもその指に触れて、その熱を感じられた。

それだけで十分だ。

「あ、昨夜のお金、まだ払ってないや…」

俺一人を残して山川さんが出て行くと、外から鍵をかける音がした。

「このまま払わないで終わっちゃうかな。そしたらあれは仕事で『した』んじゃないってことにならないかな」

怖かった。

明日の太陽を拝めるかどうかの保証はなかった。

手には嫌な汗が湧いていたし、心臓もバクバクしていた。

でも、俺は考えなきゃいけないんだ。

自分の大切な人を守る方法を。

大丈夫という俺の嘘を見抜いてしまうであろう人が、俺を置いて帰ってくれる理由を。


海辺で潮の匂いがするのは、その海が汚れているからだと友人から聞いたことがある。本当の海は何の匂いもしないが、磯《いそ》で死んだ魚や打ち上げられた海藻があの独特な匂いを醸し出すのだと。

だとしたらやっぱりここの海は汚れている。

こんなにも強く、潮と鉄サビとオイルの臭《にお》いがするのだから。

「十時五分前か…」

東城さんが指定したH埠頭は、巨大なコンテナ船の積み込み作業所のすぐ隣で、係留された船はないが、周囲を堆《うずたか》いコンテナに囲まれた、いかにもアブナイ雰囲気の場所だった。

周囲に明かりがないせいで、夜釣りにはいい気候だというのに釣り客の姿もない。

来るとしたらホテル代のないカップルくらいなものだろうが、運転技術と地理に詳しくなければ海に落ちる可能性があるから、きっと遠慮するだろう。

まるで怪物のように立ちはだかるプレハブの事務所にも明かりはない。

遠くに停泊している個人所有らしいクルーザーと、同じく遠くにある航空警戒灯と、港湾事務所の明かりが辛うじてここを真の暗闇ではなくしているが、明るいと言えるのは自分が乗って来た車のライトだけだ。

こんな好条件の場所を知っているってことは、本当にあの人はアブナイ仕事もしているのかも。

お婆《ばあ》さんの家の庭木の剪定《せんてい》なんかもしてるクセに。

「エンジンの音がするぞ」

誰かの声がすると、それに被さって車の近づく音がした。

と、間もなく黒々としたコンテナの向こうから明るいブルーのハロゲンライトが近づいて来る。

「いい車に乗ってるお隣さんだな」

山川さんが小さく口笛を吹いた。

俺もビックリだ。

マンションの駐車場に停まっている彼の車は四駆のバンだけだったと思ったのに。

車はライトをこちらに向け、目の前で停まった。

明る過ぎる光に一瞬全員が目を覆ったが、ここで多少視界を奪われても問題はないと判断したのだろう、慌てる様子もない。

「来たぜ」

聞き慣れた東城さんの声が響く。

「ディスクは持って来たか？」

応答したのは山川さんではなく、一緒に来た男の一人だった。

「持って来た。白鳥は？」

「ここにいる。本人に取りに行かせるから待ってろ」

ここに来るまで手を縛っていたガムテープは、背後にいた山川さんが破ってくれた。

「説得して来いよ。お前は犯罪に巻き込まれたんじゃないって。あいつの手元に渡ったディスクはお前が欲しがってるんだってな」

粗忽《そこつ》だな。

それなら取引なんてせずに俺が取りに戻る方が自然なのに。

「時間、かかるかも」

「いいさ、人が来る心配はないから」

俺は少し痛む手首をさすりながら、車のライトの中、ゆっくりと東城さんの方へ進んだ。

黒い服を着ている彼の姿は見えにくく、近づくまでそれとわからなかったが、バイクに乗るようなジャケットを羽織っている。

「よう、白鳥」

彼はいつものように片手を上げた。

「東城さん、ディスクを…」

渡してくれと差し出した手を、彼は無視した。

「連れは何人だ？」

「…八人です。埠頭の入口にも多分見張りが」

「ああ、いたな。通って来る時バンが見えた。で、その中にお前の見知りは何人だ？」

「一人です」

「連中の正体は？」

「アメリカの…、会社だそうです」

「ふうん…」

「東城さん、ディスクを渡してください。連中に渡します」

「まあちょっと待て。ここにディスクがあると確認するまでは、連中もヘタな動きはしないだろう。もう少し質問させろ」

こんな状況なのに、彼はとても落ち着いていた。

度胸があるのか、慣れてるからか。

あまつさえ、ジャケットからタバコを取り出して一服入れ始めた。

「東城さん」

「大丈夫だ。お前はちゃんと俺が連れて帰る」

「そんなこと…、俺は彼等と一緒にアメリカへ行くんです。そのディスクを持って。だからあなたはもうこの一件にはかかわらないでいいんです」

「自分で望んで？」

「…そうです」

「お前の嘘はもう簡単に見破れる。俺を殺すとか何とか言われたか？」

「そんなことは…」

「だが似たようなことは匂わされたんだろう？　お前に関しちゃわからないこともあるが、そういうところだけはよくわかったよ。人を信用し過ぎるとか、他人に迷惑をかけまいとするとか。だがお前とディスクを渡して、俺がここから無事に帰れるとは思わないな」

「そんな…！」

「ディスクの存在を知り、お前がそれを持ってったと知ってる唯一の証人だぜ？　ましてや人一人殺して平然としてる連中だ。二人目を手に掛けても、平気な顔をしてるだろう」

「それは俺が何とか…」

吸い付けたタバコの火が明るさを増して、彼の顔がオレンジに染まる。

「ほらな、やっぱり自分だけで何とかしようとしてた」

「…東城さん」

この人を騙すのは難しい。

でも俺は彼を守りたい。

「白鳥！　ディスクはそこにあるのか！」

遠くから山川さんの声が飛ぶ。

「待ってください！　今話をしてる途中です！」

答えて声を上げながら、俺は必死だった。

再び東城さんに向き直り、大きく深呼吸をする。

「確かに、彼等に脅されてます。でも交渉する術《すべ》がないわけじゃない。彼等は俺も必要としてるんです。俺は無事です。だからあなたがここから逃げ出せればいいだけなんです」

「どうやって？」

「あなたがここを離れるまで、ディスクは彼等に渡さない。東城さんは俺にディスクを渡したらすぐに車に乗り込んでここから逃げてください。その後で、ディスクを彼等に渡します」

「甘いな。連中は俺の家を知ってるんだぜ？」

「あなたが何を言おうと、証拠がない。ただ騒ぐだけの人間を殺すリスクは負わないと思います」

「それでお前は俺を守るために自分を人身御供《ひとみごくう》にして、連中にさらわれる覚悟ってワケだ」

「納得できないかも知れませんが、二人とも無事でいるためにはそれしかないんです」

ずっと考えていた。

閉じ込められていたあの部屋で。

でもどんな言い訳や嘘を口にしようと、この人はきっと見破ってしまう。見破らなくても、自分の正義のために動いてしまう。

それならば、その方が俺も無事なのだと説得するしかない、というのが俺の答えだった。

「どうだ？　吉崎《よしざき》。健気だろう？」

「…ですね。いいでしょう、彼も保護対象にしましょう」

突然、車の中から声がした。

「誰…！」

「静かにしろ。顔を車に向けるな」

「でも…」

目だけを動かして車の中を覗き込む。

よく見ると、そこにはスーツ姿の人間がシートに横になって身を隠していた。

仰向けになったその顔には見覚えがある。

たった一度だけだけれど、俺はその男に会っていた。

忘れはしない。東城さんの部屋の前で会った、あの『客』の男だ。

「保護対象を一名追加だ。グレイのスーツを着た小柄な日本人男性。名前は白鳥唯南。塊様と同道するが、混交した場合は本人確認を。合言葉は？」

最後の一言は東城さんに向けられたものだ。

「ブルーダリア」

「合言葉はブルーダリアだ」

今まで緊張していて気づかなかったが、吉崎と呼ばれた男も、目の前の東城さんも、黒いインカムを付けている。

…まるでスパイ映画のように。

「企業スパイに殺人だ、丸腰じゃないかも知れないぞ？」

「我々はこれで金を稼いでいるんですよ？　カウントします」

「白鳥、俺の手を握れ」

「え…、でも…」

「いいから、早く」

車内の吉崎さんがゆっくりと身体を起こす。

東城さんが強引に俺の手を握る。

「5、4…」

「走るぞ」

「…3、2、1」

「あのコンテナの陰だ」

「ゼロ」

パン、と音がして連中の乗って来た車のライトが消えた。

吉崎さんが素早く車から降りて闇に消える。

東城さんも走り出し、俺は何もわからないまま彼に引っ張られて一緒に走り出した。

夢だ。

夢だとしか思えなかった。

だって俺は普通のサラリーマンプログラマーで、毎日電車に乗って会社へ行き、キーボードを叩いて給料を貰ってる一般人だ。

両親が早くに亡くなったことと、同性愛嗜好者《しこうしゃ》だってこと以外、極めて小市民な人間だ。

なのに夜の埠頭でこんな乱闘に巻き込まれるなんて。

いや、単なる乱闘じゃない。

夜空に響く乾いた音。

テレビドラマで聞くような大きな音じゃないけれど、これはひょっとして銃声じゃないだろうか？

あちこちから爆竹のような音が断続的にパンパンと聞こえてくるってことは、山川さんと一緒に来た連中も銃を持ってたってことなのか？

そして東城さんの付けてるインカムの先に、銃を持ってる人間がいるってことなのか？

瞳孔《どうこう》開きまくりで走り続けコンテナの陰に滑り込むと、東城さんの腕がガードするように俺をしっかりと抱きかかえた。

「と…、東城さん…」

息が切れる。

「これ…、どういう…」

こんなに全力疾走したのは、大学卒業以来だ。

「話は全部が終わってからだ。俺のことは信用してるんだろう？」

「してますけど…」

「俺の『大丈夫』はお前の『大丈夫』より確証があるぜ」

そんなこと言ったって、法治国家日本でこんなに銃を撃ち合って、大丈夫なんて言えるのか？

そりゃ昨今は一般人でも銃は入手出来るとニュースになってはいるけれど、全部非合法なことで、見つかれば逮捕確実だ。

俺はこの人は犯罪に巻き込みたくないと思っていたのに。

「白鳥、そっちの隅に寄れ。しゃがんで動くなよ」

「そっちってどっちです？」

「そこだ」

俺を抱えていた腕がすこし乱暴にコンテナ同士が作る隅へ突き飛ばす。

それと同時に男が一人駆け込んで来た。

暗闇の中でも辛うじてわかる薄い髪の色。山川さんと一緒にいた外国人の男の一人だ。

「てめ…」

男は東城さんに気づくと手にしていたものを片手で構えた。

シルエットでそれとわかる、銃だ。

「こんなとこで撃つと跳弾してお前に当たるぜ」

物陰で見ている俺でも胃が痛むほどの恐怖を感じているのに、東城さんはそう言って笑った。

「片手で横倒しに銃を構えるなんて、バカじゃねぇの？」

煽《あお》るような口調。

「何だと！」

反応して男の声が大きくなる。

「口径の小さい銃はコンテナを撃ち抜けない。俺を狙って外れた弾丸はどこへ跳ねるかわからない。発射の反動に耐える腕力があったとしても、片手で照準付けられるのはよほど慣れてなきゃな。しかも横倒しとくればそいつはオートマだろう？　排莢《はいきょう》に勢いのない銃でやりゃ空ケースが絡んでジャムる可能性がある」

「な…」

「そういうことも知らないで銃持ってても、火傷《やけど》するだけだぜ」

「知ったふうな口をきくな！　ガンマニアか何か知らないが、知識だけじゃどうにもならないんだぞ。現実を見てみろ。お前は丸腰だが俺は銃を構えてるんだ。圧倒的に俺の方が立場は上なんだぜ」

彼の知識に一瞬は怯《ひる》んだが、男は形勢を読んで笑った。

だがそれでも、東城さんは慌てない。

「確かに、俺は丸腰だ」

両手を軽く上にあげたまま、少しずつ俺が隠れた場所を塞ぐように移動する。

俺のことなんかいいのに。

まだ気づかれてないのだから、彼だけでも逃げてくれればいいのに。

「日本で銃をぶっ放す気にはならないんでな。だが、射撃の腕はきっとお前より上だろうな」

それが事実でもハッタリでも、危険は回避出来ないのに。

「ハッ！　プロ並の腕があったとしても、銃を持ってなきゃ何にもならないさ」

男がもう一度銃を構え直した。

今度は両手でしっかりと銃を握り、東城さんを狙う。

「その通り。だが銃を持つ素人より強いヤツを知ってるか？」

「銃を持つプロだろうな」

「銃じゃなくても、持ってる得物に慣れてる人間はお前より強いよ」

「何だと？」

言うが早いか、東城さんは身を屈《かが》め、真っすぐ男に向かって走り出した。

「東城さんっ！」

思わず物陰から飛び出した俺の前で、黒い豹《ひょう》のように彼が男に向かう。響いていた音よりも大きな銃声がして、暗闇でカンシャク玉が破裂したような光が瞬く。

それを受けて一瞬、東城さんの手元が光った。

下から上へ、弧を描く彼の腕。

男が手にしていた銃の落ちる音がする。

ギャア、と大きく叫び声が上がり、手を押さえて地面に転がったのは男の方だった。

「当たらない銃より、扱い慣れたナイフのが上なんだよ」

東城さんが、獣のように喚《わめ》き立てる男に驚きもせず、手にしていたナイフをしまう。

ゆっくりと振り向いて、飛び出して突っ立ったままの俺を見る。

「出てくるなと言っただろう」

声が出ない。

足が、全身が震えている。

地面に足が縫い付けられたように、身体が動かない。

怪我なんかしていない、目の前で悲鳴を上げる男の姿が恐ろしくて、だ。

「白鳥」

歩み寄った彼が俺の腕を摑んだ時、コンテナの向こうからまた新しい人影が現れた。

背を向けている彼は気づいていないのでは、と必死に身体を動かして彼を引き寄せ、場所を入れ替わる。

「白鳥？」

だが相手は何も構えることなくこちらへ近づき、声をかけてきた。

「塊様」

この呼び方…。

吉崎さんではなかったが、彼と同じようにインカムを付け、スーツを纏《まと》っている。味方だ。

「ご自分でなさったんですか？」

強《こわ》ばった俺の身体を退《の》けて、彼は男を振り向いた。

「ああ、そっちは？」

「この男で終わりです」

「早かったな」

「チンピラなら当然です。ただこのオモチャみたいな銃は扱いづらくて困りましたが」

「仕方ない。こいつ等の持ち物ってことにするんだ、ブローニングやガバメントじゃ困る。裏はないんだろ？」

「ないと思います。射撃も素人でしたし。念のため今連中の乗って来た車を調べてます。あとは本人達と交渉して、銃の不法所持程度にさせますよ」

「こいつの名前は出すなよ？」

「出しませんよ。あなたのことを調べられては困ります」

「命より素性だろ」

「そんなことはありません」

ここにいるのは本当に東城さんだろうか？

この銃撃戦の全てが、映画の撮影とか、ドッキリだったりするんじゃないんだろうか？

それとも、あの部屋から連れ出された時に薬が何かを嗅がされて、ここが日本じゃないとか。

「あと、奥様から伝言です。次のおねだりはもっと可愛いものにして欲しいと」

「考えとくって伝えとけ」

さらに数人のスーツの男が現れ、痛みを訴える男をずるずると引きずってゆく。

その中の半数は屈強な外国人のようだった。

そして東城さんと会話を交わしていた男も、その一団と共にこの場を去った。

「白鳥、行くぞ」

どうしてそんなに普通にしてるんだろう。

たった今銃撃戦があって、あなたは刃物で人を傷付け、そこにはまだその男の流した血が残っているのに。

「動けねぇのか、…しょうがねぇな」

東城さんはタメ息一つ吐くと、俺を軽々と抱き上げた。

「ど…、どこに…」

「全部終わった。家へ帰るんだ」

「家…?」

「俺達のマンションだ」

辺りは暗かった。

その暗闇の中で幾人ものスーツ姿の男達が何か作業はしているが、他には何も変わったところなどなかった。

まるで、今起こったことの全てが夢であったかのように…。

俺達を乗せた車は、言葉通り真っすぐにマンションへ戻って来た。

結構な時間がかかったろうに、俺にとっては一瞬の内に戻ってきたような気がした。

「降りろ」

と言われてガクガクと変な人形のように車を降りる。

見かねた彼の手を借りてマンションへ入り、彼の部屋へ。

「まず風呂に入って身体をほぐしてこい。俺もその間に着替える。今度は中で寝るなよ」

彼は冗談めかしてそう言ったが、俺は笑うことも出来なかった。

いつもより熱くした風呂に入り、身体を洗う。

手首のところに残っていた赤い帯状の痕が、全てが現実だった証。けれどやはり、これが現実だとは思えなかった。

山川さんが犯人だったことや、外国の会社の連中に拉致《らち》されたことまでは認められる。

でもあそこに突然現れたスーツの男達は？　突然始まった銃撃戦は？　まるで傭兵《ようへい》のようにナイフを扱い、平然としていた東城さんは？

正に『あり得ない』ことだ。

「震えてる…」

風呂から上がって彼が出してくれたラフな服に着替えた時も、まだ俺の手は小刻みに震えていた。

当然だろう。

「あがりました…」

リビングへ戻ると、東城さんも明るい色のシャツに着替えていた。まだ前のボタンもはめてはいなかったが。

「ビール出してやったから、飲め。缶ビールくらいじゃ潰れねぇだろ」

部屋に漂うタバコの匂い。

ここは彼の部屋なんだなぁと、やっと実感する。

「この間は緊張してたし、飲んだ後に風呂に入ったからです」

さっきは返事も出来なかったのに、入浴して身体も温まったからだろう、今度は彼のからかいに答えることも出来た。

ソファに座り、テーブルの上に置いてあったビールの缶を取ると、手のひらにその冷たさが心地よかった。

すぐには飲む気になれず、両手でそれを握ったまま東城さんを見ると、彼はタバコとビールを両手に持って隣に座った。

「…聞きたいことが、一杯あるんです」

答えてくれるだろうか？

答えてくれなくても、胸に湧き上がる疑問は、押し止《とど》めておけない。

「お前の質問は大体予想はつく。俺もお前に聞きたいことがあるんだが、まあ後でいいだろう。それで？　何が聞きたい？」

「銃を撃ってた人達は誰です？　あなたの何なんです？　何故彼等はあなたを塊様と呼んでいたんで

す？ 奥様って誰です？ どうして…東城さんは人を傷付けることに慣れているんです？」

「随分沢山聞くんだな」

「じゃあ一つにします。あなたは…、何者なんですか？」

「的確でいい質問だ」

「茶化さないでください」

睨むと、彼はビールを一口だけ口に含み、静かに口を開いた。

「そうだな、それじゃ一つずつ答えて行こうか」

くゆらす煙草の煙がゆっくりと立ちのぼる。

「銃を撃っていたのはプロのガードだ。日本語で言えば要人警護要員。日本じゃ意味はなさないが、銃のライセンスは持ってる」

「あなたの？」

「俺のじゃない。今回は俺が頼んで来て貰った。連中がガードしてるのは『奥様』さ。言っておくが、俺の女房じゃないぜ」

「でも彼等はあなたの『様』を付けて呼んでました」

「そりゃ、連中とすりゃ他に呼びようがないからだろう。こっちが頼んで付けて貰ってる呼称じゃない」

ここでもう一口、ビールが喉に流し込まれる。

「俺が何者かというなら、俺こそが『ブルーダリア』なのさ」

「東城さんが『ブルーダリア』？」

「そう、『あり得ない』存在だ」

「それは、何か特殊な人だということですか？」

彼の度胸と身体能力は確かに常人より優れていると思う。

けれど彼は俺の言葉を笑い飛ばした。

「俺はスーパーマンじゃないぜ。簡単に言えば『生まれるはずのない』人間だってことだ」

「どういう意味です…？」

「この一件が始まる前、お前は俺がホテルで女と一緒にいるのを見たと言っていただろう」

言われて、つばの広い帽子を被り、濃紺のドレスを身に纏った女性の姿が頭に浮かぶ。

「アメリカの石油王の奥様でしたっけ」

奥様…。

「ひょっとして、彼等が言ってた『奥様』って、あの人のことですか？」

東城さんは無言で頷いた。

そうか、それならば納得する。

石油王の奥方なら、ガードを連れて歩いても不思議はない。彼は不倫相手のあの女性に助けを求めたのだ。

　そしてガードの連中は不倫の相手とはいえ、主である女性の相手に『様』を付けざるを得なかったというわけだ。

「お前の頭ん中はわかる。だがそうじゃない」

「違うって、何がです?」

「あの女は、俺の不倫相手じゃないってことさ」

「恋人、という呼び方の方がいいですか?」

　自分で口にしながら、胸がチクリと痛む。

「それも違う。若作りはしちゃいるが、あいつはもう五十過ぎだ」

「…え?」

「あの女は俺を産んだ女さ」

「母…親…?」

　ホテルで見た親しそうな二人の姿。

　あれは恋ではなく親子故だったのか。

「そう呼んではいけないことになってるが、まあそんなもんだ」

「まさか…! だってあんなに美人で、若くて…。それじゃ、東城さんは石油王の息子って…」

「…ことじゃない」

　俺の言葉を否定しながら、彼は残っていたビールを一気に飲み干した。

テーブルに置いた缶からは、乾いた空っぽの音がする。

「こっから先は白鳥を信用して話をする。俺にディスクを預け、俺を身の安全を考え、誤解だったとはいえ身を呈して俺を庇おうとしたお前だから」

大きな手が、俺の髪をくしゃっと掻き混ぜる。

「ガードの一人が最後に来た時、連中と間違えて立ちはだかったろ。無茶なことしやがって」

気づいていたのか。

何も言わなかったからわかってないと思ったのに。

「今から三十年以上前の話だ。あの女もそれなりにいい家の出で、アメリカに滞在中に件の石油王に見初められて結婚した。亭主は、まだ二十歳そこそこだったあいつを、それは大切にしてくれたらしい。歳も離れてたしな」

自分の母親のことだというのに、まるで見知らぬ女性のことを話しているような口ぶり。

だがそれにもきっと理由があるのだろう。

「二十歳といやぁ今ならまだ女子大生、遊びたい盛りだ。当然金持ちで優しいとはいえ兄か父親のように接する亭主よりも、もっと歳の近い見場のいい男に目が移る。あいつもそうだ。パーティで知り合った別の男と恋愛して、俺を産んだ」

「それって…」

「不倫だな。しかも相手の男も既に結婚していてダブル不倫だった」

「じゃあ、東城さんはお父さんの家に…？」

「言っただろう、男の方も家庭があるって。しかも石油王の亭主が出るようなパーティの客、そいつも結構な金と地位を持ってた。浮気はやがて亭主にバレたが、亭主はそれを許した。一つは亭主が敬虔《けいけん》なクリスチャンで離婚できなかったことと、まだ子供だった女を無理に結婚させた自覚があったから。だが自分の種じゃない子供ができたとなれば話は別だ。クリスチャンだから堕胎は許せない。彼女には重い病にある学生時代の友人がいた。延命の医療費を得る代わりに子供を実子として引き取る話を持ちかけられ、それを受けた。それが東城の母だ」

「実子としてって、病気だったんでしょう？　そんなこと出来るんですか？」

「保険証にゃ写真はないからな。ド田舎の産婦人科で診察を受けて母子手帳を貰い、役所に私生児として届け出れば受け入れられる」

「公文書偽造じゃないですか」

「それでも、お互いにとっては助かる話だ」

「お父さんは？　本当の父親は引き取ると言わなかったんですか？」

「言わなかった。あいつも金持ちで、息子がいた。俺を認めると財産分与とか跡取りでもめるし、女の亭主がそれを許さなかった。自分の女房を寝取った男に、女房の産んだ子供を渡すなんて我慢出来なかったんだろう」

そんな…。

「男も女も、俺を自分の子供とは認められない。二人の間に子供は産まれてない。産まれてはいけない。俺は『あり得ない』子供なんだ」

男らしい彼の顔の向こうに、青い花が見える。

青い幻の花。

生み出されることがあり得ない存在。

でもそれでは…。

「以前、俺がそれなりにアブナイことにかかわったことがあると言っただろう。あれは俺の存在を嗅ぎ付けた人間に追い回されたことがあるという意味だ。双方の家にとってマイナスにしかならない存在は知られてはいけない。だが地位のある人間には必ず足を引っ張りたいヤツが出る。そんな連中から逃げ回るために色々と覚えたってことだ」

「どうしてです？　あなたは東城の家の実子になったんでしょう？」

「DNA鑑定がある」

あ…。

「俺を誘拐《ゆうかい》でもして、血液サンプルを取って調べれば、書類がどうであれ証拠が出来る。だから俺は捕まらない術を身につけた」

今平然と自分のことを口にする彼が、今までどんな生活をしてきたのだろう。

東城さんだって、最初から大人だったわけじゃない。

出生の秘密を知って、悲しみ、苦しまなかったとは思えない。

その時を経て他人事のように話せるようになるほど、大変な思いをして来たのだろう。

それはとても悲しくて辛いことだ。

「そんな顔するな。連中はそれなりに俺のことを気にはかけてくれててな。時々内緒で会いにも来るし、色々と世話も焼いてくれてる。今回も、手を貸してくれたしな」

彼の手が慰めるように俺の肩を叩く。

慰められるべきは彼の方のはずなのに。

「…ちょっと待ってください」

ここまで話を聞いて、俺はあることに気づいた。

「あの吉崎という人が車の中にいたということは、あの人もお母さんのガードってことですか?」

「ああ、そうだ」

「じゃあ、あの人がこのマンションに来た時に渡してたお金や、愛情の証というセリフは…?」

「あの女からのことづけだ」

「それじゃあなたは男の相手をして金を得ていたんじゃないってことに…」

「何でもするのが仕事だが、俺は自分を金で売ったことはないな」

顔がカッと熱くなる。

あの時彼がそんなセリフを口にしたのは、母親のことを隠すために二人の関係を不倫だと言い切ったように、金の受け渡しを自然に見せるための嘘だったのだ。

あの吉崎という人は、要人警護などするような人だから頭の回転が早いのだろう。それで咄嗟《とっさ》に彼の話に合わせていただけだったのだ。

なのに俺はそれを鵜呑みにして彼を金で買うだなんて…。

「白鳥」

「…すいません」

「白鳥」

「俺ってば、最低な誤解を…」

顔だけじゃなく、手までが熱くなった。

己の下種《げす》ぶりが恥ずかしくて、いたたまれなかった。

「こっちを向け。今度は俺が質問する番だ」

言われても彼の顔を見ることが出来なくて俯《うつむ》いたままでいると、手が顎を取って無理やり彼の方へ向けさせる。

恥ずかしい。

申し訳なくて涙が出そうだ。

「ちゃんと答えろよ？　お前、なんで俺を買いたいなんて言ったんだ？」

「それは…、すいません。俺が誤解してたから…」

「それはいい。誤解するように仕向けたのは自分だ。だが男と寝たこともないクセに、何故あんなことを言ったんだ？」

「そんなことありません。俺だって経験くらい…」

「使用済みか未使用かくらい、見りゃわかるんだよ。そうじゃなくても、あの様子じゃセックス自体の経験だって一回か二回だろう」

「そんな…」

「言い出された時は、恐怖を紛らわすためか、俺という庇護を身体で繋ぎ止めようとしてるのかと思ったから受け入れた。だがあんなに辛そうにしてまで抱いて欲しいと言い出したのは、別の理由があるんじゃないのか？」

　言えるわけがない。

　彼を男娼《だんしょう》のように扱った後で、『好きだから』なんて。

　だが何も言えないまま固まっている俺に、東城さんは顔を寄せて囁いた。

「俺は、お前が好きだから、突っ込まなかったんだぜ」

　身体を痺れさせるような低い声。

　でも誤解してはいけない。

　彼の『好き』は『気に入ってる』の意味に過ぎない。

「弱ってるのに付け込んで抱いても、しょうがないからな」

けれど顔が近過ぎる。

「風呂で溺れた時、俺の名を呼んでたろ。お前が覚えてなくても俺は聞いてる。何度も呼んだんだぜ、掠れた声で」

こちらからちょっと顔を突き出せばキスできるほどの近さだ。

「苦しいと言ったクセに、呼びかけると『大丈夫』と繰り返した。爪《つめ》が食い込むほど俺の手を握ったクセに『俺は一人でも大丈夫』ってな。だからお前の『大丈夫』は信用がならない」

「お…ぼえてません…」

「俺は覚えてると言っただろ。だから可愛いと思ったんだ。見た目はどこにでもいるようなひょろいガキなのに、中身は結構したたかで、一人前の男だと認めた。筋の通ったヤツだとな」

ほら、やっぱりそういう意味だ。

「そのお前が必死に縋り付いてくる姿ってのは俺をその気にさせた」

「…っ」

舌が伸びて、頬を嘗められる。

「…東城さ…っ」

身体が疼く。

俺が感じてしまうとわかっていてやってるんだ。

この人はもう俺の気持ちなんかわかってる。こんな言葉を使って、揺さぶって、言ってはいけない真実を口にさせようとしてる。

「俺はお前の質問に全部答えてやったんだぜ。早く答えろよ。どうして金を払ってまで、俺に抱かれたかったんだ？」

そして俺は負けるんだ。

この人を言いくるめることなんか出来やしないから。

「……です」

「何だって？」

「…好き…だからです！　ずっと好きで、ここへ来いと言って貰って嬉しくて、男なんか相手にしないとわかっていても諦め切れなかったから…。あなたが男を抱く人だと知って、一度でいいから自分も抱いて欲しかったんですよ…っ！」

この恋が叶《かな》うなんて、夢だと思った。

あり得ないことだと。

それでも側にいたいと、その手が欲しいと、願うことが止められなかった。

「そいつはよかった。これで今度は最後まで出来る」

青い…、花が咲くなんて…。

考えもしなかった。

「…ん」

タバコの匂いのする口づけ。

深く入り込む舌。

押し倒され、彼の身体の重みが俺をソファに縫い止める。

「俺の…好きは…本気ですよ…？」

「奇遇だな、俺もだ。さもなきゃあの女の手を借りたり、親の話なんかしねぇよ」

耳元で囁かれても、その言葉をすぐには信じられないほど。

焦がれながら諦めていた恋だった…。


「男と寝るにゃ多少準備が必要なんだぜ」

と言って、彼は俺をベッドへ運び込むと、一旦部屋を出た。

一人にされると不安で、彼が自分の元へ帰って来ないような気がした。

たった今されたキスも、俺の気持ちを聞かせた褒美でしかなく、待ち切れずにリビングへ戻るとテーブルの上に『恋人にはなれない』と記したメモだけを残して消えているんじゃないかと。

浅ましい自分を知られて、蔑《さげす》まれるんじゃないか、彼を男娼と思い込んだことを怒っているんじゃないか、他の誰かに呼び出されて出て行ってしまったのではないか。

悪い想像は途切れなく頭の中に浮かんだ。

そもそも、俺が彼のベッドに乗っている資格などあるのだろうか？

そう思うとベッドから降りて、壁によりかかるようにじっとドアが開くのを待った。

空っぽかも知れない隣の部屋が怖くて、扉に近づくことも出来ない。

「何だ、突っ立って。怖じけづいたのか？」

だから、再び彼が戻った時には、泣きたいほど安堵した。

「お前は面白いな」

東城さんは俺に近づき、手を取るとベッドへと促した。

「時々度胸があるが、時々子供以上に臆病《おくびょう》になる」

彼が座るから、自分も座る。

「何でもないって顔をするのだけは上手いから、本心が読みにくい」

「すぐに…、見破るクセに」

「そりゃ人生経験の差だ。本当は、俺を誘った時もそんな顔をしたかったんだろう？　すりゃあよかったんだ、そうすりゃ好きと言ってやったのに」

「嘘が上手い。さっき風呂で溺れた時に気持ちが揺れたと言ったのに」

嘘を一つつかれると、全てが偽りだった気になってしまうから、慰めでも嘘はつかないで欲しい。

「嘘じゃない。その気もないのに男は抱けねぇよ。ただ、朦朧《もうろう》としてる顔は、我慢がきかなくなるほど色っぽかったって言ってるだけだ」

まだ少し湿っている俺の髪に、彼の指が入り込む。

そのまま頭を引き寄せられ、彼の胸に顔を埋める。

「俺なんかのどこがよかった？」

耳に唇が触れるだけで、身体が震える。

「それは俺が聞きたいことですよ」

「質問は交代にしよう。先に聞いたのは俺だ」

囁く声が、鼓膜すら愛撫する。

「エレベーターが…、故障した時です。閉じ込められてる間中ずっと側にいて、落ち着かなくなりました」

「それだけか？」

唇が寄せられている反対側では、さわさわと指が髪を嬲る。

「今回のことで一緒に暮らして、…頼り甲斐があって、男らしい姿に惹かれました」

指先と唇の微妙な動きに言葉が途切れがちになる。

「それじゃああの犯人達に一つだけ感謝しとこう。俺もお前と一緒に生活してから惚れたから」

「どこに、です？」

「さっきも言ったろう。見かけと違う芯《しん》の強さと、強い中の脆《もろ》さだ。学生かと思ったら社会人で、料理も作れないガキかと思ったら家事一般何でも出来る。震えるほど怖がってたのに、家族に迷惑はかけたくないと言い切り、体力がないクセに一度も俺の仕事を嫌だと言わなかった。まだあるぜ」

「…もういいです。買い被り過ぎですよ」

「買い被ってなんかいない。アンバランスで、目が離せないんだ」

髪にあった手がするりと下りて肩で止まる。

シャツの襟を辿《たど》って前に回り、ボタンを一つずつ外してゆく。

「俺を買うと言ったのに、緊張して自分でボタンが外せなかったってのもあるな」

耳元で笑われて、首筋にゾクリとしたものが走った。

「もう緊張は解けたな？　そのまま横になれ」

言葉でそう言ったけれど、手の方が先に俺をベッドへと押し倒す。

寝たままタバコを吸ったのか、シーツからもタバコの匂いがする。

彼の匂いだ。

目を合わせたまま彼も横に寝転び、シャツのボタンを外し終わった手が更に下へ移動する。

「あ…」

ファスナーが下ろされ、指が中へ入り込む。

下着越しにそこに触れた手は、まだ途中だった俺のモノを軽く摩《こす》った。

「まだ緊張してるか？」

だがそれは一瞬で、手は別の仕事を担った。

俺のズボンを脱がすという。

「男と寝るの、俺が初めてだろう？」

わかってるんだぞ、という聞き方。

優位そうな態度に少しムカつくけど、嘘はつけない。

ついたってバレてしまうから。

「男の人には子供の頃から懐いてましたけど…、ファザコンっていうか、憧れみたいなものだと…」

「欲情したのは俺だけか」

「そうです…」

昨夜のことがあるから、脱がしやすいようにと腰を浮かす。

気づいた彼が一気にズボンを引き下ろすから、下半身はすぐに無防備な姿になった。

「安心した」

「初めてだってすぐに気づいたと言ったのに？」

「突っ込まれなくても寝ることは出来るさ。触りっこことかな」

指は背に回り、背骨を辿りながら腰へ向かう。

「う…」

尻《しり》を撫でるようにしてその下へ入り込み、後ろの孔に触れた。丁度、抱き合うような格好で。

彼の顔が目の前にあって、その目はずっと俺の顔を見てる。

だから変な顔は出来ないと思うのに、ゆっくりと動き出した指の動きに耐えられない。

堪えようと息を止めて頑張っても、苦しくなって吐き出す時に甘い声が漏れる。

「は…ぁ…っ」

二人の身体の間で所在なく折り畳まれた腕が。

追い上げられる感覚。

何かに摑まりたくて、彼のシャツを摑む。

彼の太腿《ふともも》が剝き出しになった股間《こかん》に押し付けられ、微かな痛みが走った。

「…ッ」

さっきはまだ半勃ちだったのに、後ろを弄られてもう硬くなってる自分が恥ずかしいから視線を外して顔を伏せる。

でもそんな真似しなければよかった。

向かい合っているのだから、顔を下に向けると、見えるのは自分の下半身だというのはわかりきったことなのだから。

慌てて今度は顔を上げると、頭がガツッと何かにぶつかった。

「痛って…」

焦って離れると、目の前で東城さんがこちらを睨んでいる。

「今、どこかに…」

「俺の顎だ」

「す…、すいませんっ」

「もういい」

これで終わりにされてしまうのかと、彼に縋り付く。

「待って、止めないで」

「白鳥」

「恥ずかしいだけで、…嫌じゃないんです。ただ自分だけその気になってみっともないって…」

「…ばーか。誰が止めるって言った」

東城さんは俺から離れ、身体を起こした。

「前戯はもういいって言っただけだ。こっちだってその気になってるんだ、お前が止めろと言ったって止めねぇよ」

俺のシャツはまだ身体に残しているのに、自分の方ははだけていたシャツを脱ぎ捨てる。

引き締まった筋肉と厚い胸板に胸が騒ぐ。

俺を越えるように腕を伸ばし、何かを手にする。

「仰向けになっていいぜ。自分のモン見るのが嫌なんだろ？　だったら天井でも見てろ」

足首に引っ掛かっていたズボンを抜き、膝を摑んで脚を開かせ、顔を埋めてくる。

「ん…っ」

絡み付く生温かい舌。

「あ…、あ…」

手が、今度は前から孔に触れる。

だがその感触はさっきとは違い、何かぬるぬるとした液体を纏っていた。

「な…に…?」

「オリーブオイル。ローションは次までに買ってやる」

ぐちぐちと音を立てて、オイルが塗り付けられる。

この間は爪の先だけでも迎えるのに苦労した場所に、するりと指が入る。

「…ん…っ。あ…や…」

異物感の方が強かった前とは違う。

蠢《うごめ》く指は肌を粟立《あわだ》たせ、声を上げさせた。

彼の髪が内股《うちもも》を擦《こす》ることすら愛撫のようだ。

「へ…変な…」

声が上ずってゆく。

「や…」

これは心を通わせてしている行為じゃない、彼は報酬の代わりに自分に触れているだけだと、諦めた気持ちで抱かれたのとは違う。

彼がすることの全てが、自分を求めてやっているのだと思うだけで頭がおかしくなりそうだ。

「あ…っん…」

痛みなく入口を広げてゆく指の動きも激しい。

「や…、もう…」

慣れてない自分が、そんな状態を何時までも続けていられるわけがなかった。

俺を咥える彼が、軽くそこを嚙む薄い痛みだけで、もう終わりだった。

「あ…、や…、離れ…っ！」

闇雲に手を伸ばし、彼の肩を摑んで引き剝がす。

「あ…っ！」

けれど間に合わなかった。

ゾクゾクッと快感が全身に広がり、堪えていた熱が吐き出される。

放つのではなく吞み込まれるように。

「…っ…ふ…っ」

全身が痙攣するように震え、脱力感に落ちてゆく感覚。

東城さんは指を引き抜いて、身体を起こした。

やっと視界に入って来た顔は、余裕なく、飢えた目をしている。

「しても…、よかったのに…」

「するさ。これからな」

「…え?」

「一度イッた方が弛緩《しかん》するからな。男のオーガズムが射精だけじゃないって教えてやるよ」

「待って…!」

まだ身体は騒いでいる。

「待てない」

身体の芯に残る疼きは消えていない。

「今度はこっちの番だ」

その肌の上に、また彼の手が滑る。

「あ」

今まで触れなかった胸に指が触れ、煽ってゆく。

「舌出せ」

言われたからそうしたのではなく、息が苦しくて開いていた唇に彼の舌が差し込まれる。

深くではなく、喘ぐ俺の舌だけを嘗めるように。

キスではない。

味を確かめるような嘗め合いだ。

それがまた獣じみていて、羞恥心《しゅうちしん》を刺激し、身体を熱くさせる。

「ん…っ、や…」

摘まれて、捩られて、優しく撫でられ、下半身に集中していた神経が胸に集まる。

「は…、と…、東城さ…」

彼の言う通りだ。

一度果てたはずなのに、身体が火照る。

もうどこに触れられても感じてしまいそうだ。

射精して萎えた場所に血が集まる。

「や…、許して…。もう止めて…」

拒む言葉を口にしながら、逞しい彼の身体に腕を回す。

「おかしく…」

しっかりと彼を抱き、筋肉に指を食い込ませる。

欲しいからじゃない。そうしていないと頭も身体もどこかへ持っていかれるようで、怖かったからだ。

「ん…ん…」

きっと、この人は経験が豊富なのだろう。

経験の浅い俺をこんなにも乱してしまうくらい。

女性も男性も、その腕に抱いて、何人ものこんな声を聞いてきたに違いない。

それを思うと嫉妬しないではなかった。

今更そんなことを言っても仕方がないとわかっているけれど、やはり好きな人が他の人間と身体を繋ぐことを思うのは妬《や》ける。

でも同時に、それほど経験豊富な人が自分を好きと言って抱いてくれてるのかと思うと優越感もあった。

ウブな自分はこの激し過ぎる快感を恐れているけれど、彼を求める性の本能が、もっと自分を壊して欲しいと願ってる。

人は一つの顔しか持っていないわけじゃない。

怖い人が優しかったら、優しい人が冷たかったり、色んな顔がある。

寝ぼけた顔に不精髭を残し、咥えタバコのまま『よう』と声をかけてくるこの人が、人を傷付けて尚凄絶《そうぜつ》な笑みを浮かべられるように。

自分の中にも別の顔があって、恐怖と快楽の間を彷徨っている。

それがアンバランスで、彼を惹きつけたというのなら、本望だ。

「腕を少し緩めろ」

「…だめ…」

「…チッ」

濡れた指が下肢に伸び、また入口を探る。

彼のモノが肌に当たる。

それだけで身が竦むクセに、期待もしている。

俺を抱きたいと思ってる？

こんな痩せた身体に欲情してくれている？

だったら壊されてもいい。

「無理かも…」

「耐える時は奥歯で嚙むんだぞ」

ぺろりと、舌が唇を嘗めてくれた。

それが合図のように彼が俺の脚を高く抱え上げる。

膝が胸につくほどの恥ずかしい格好にされ、腕に力が入る。

「柔らけえ身体だな」

彼の手が俺の上から消え、入口に硬いものが押し当てられた。

「や…」

痛みを感じ、奥歯を嚙み合わせ力を入れる。

それが侵入を阻むことになっても、彼は容赦なく入って来た。

けれどやはり彼はこういうことが上手いのだろう、予想していたより遙《はる》かに痛みは少なく、引き締めた唇はすぐに喘ぎを漏らした。

差し入れては抜き、抜いては差し入れながら、何度も腰を動かして俺の中へ。

「あ…、ん…っ、んっ」

意識も理性も消し飛ぶような感覚。

力は込める端《はな》から、抜けてゆく。

必死で縋り付いているつもりなのに、腕はずるずると外れてきた。

「と…う…」

痛みをごまかすように繰り返される口づけ。

息が苦しい。

水の底に沈んでゆくような、抗《あらが》い難い埋没感。

「今更だが、俺と付き合うには覚悟がいるぜ」

耳に届いた最後の言葉はそれだったが、答えることは出来なかった。

覚悟なんて必要ないと言うつもりだったのに。

「あ…」

頭の中は、ただ真っ白だった…。

「連中も、事件を表沙汰にはしたくないから、こっちの条件は呑むだろう」

風呂で溺れた時よりも重たく感じた身体で目覚めた後、少しだけ冷静になった俺は彼に聞いた。

あの銃撃戦の後始末はどうするのか。

そのことで東城さんに何か迷惑がかかることはないのか、と。

すると彼は大丈夫と笑った。

彼の『大丈夫』は信用出来る言葉だけれど、それでも知りたいと粘ると仕方なさそうに説明してくれた。

あの埠頭で遠く見えていた個人所有のクルーザー、あれが彼の母親の持ち物だったのだ。

助けに現れたガード達はそのクルーザーから海を渡って直接現場に乗り込んだので、彼等があそこに来たことを知る者はいない。

母親と東城さんの関係を知る者はいないのだから、彼女の関与を疑う者もいないだろう。

ガード達の使っていた銃は日本で調達した安物で、非合法ではあるが足のつかないもので、もし入手ルートを手繰るなら日本の密売ルートの半分が摘発出来るだろうと笑った。

言われてみれば、ガードの人が『オモチャのような銃』と言っていたっけ。

そして彼等は銃撃戦の後、その銃から自分達の痕跡を消し、彼等に渡した。

「どうして？」

「使ったのは連中だからさ」

「でもそんなの…」

「あそこに第三者がいちゃ、あいつ等もマズイんだよ」

何もかも全て丸く治めることは出来ない。

となると物事には優先順位が付けられ、その一番は東城さんと俺の安全ということになるらしい。

彼等の計画はこうだ。

あの連中は非合法な銃を手に入れ、人気《ひとけ》のない場所で射撃をして遊び、結果自分達自身が怪我をしてしまった。

反省し、自ら銃と共に出頭し、銃刀不法所持だけが彼等の罪となる。

そんなこと、連中が納得するはずないと反論したが、つつけば彼等から出て来るのは、窃盗、住居不法侵入、拉致監禁、そして暴行殺人だ。

日本ではさほどではないが、アメリカでは企業スパイは重罪。しかも社名が出れば会社自体が立ち行かなくなるほどの打撃を受ける。

遠いアジアの国で銃を撃った程度なら個人の責任で済む。まして、アメリカではそれは合法なのだから、酷く重い罪とは受け取られないだろうと。

しかも、『奥様』からは口止め料として結構な額が彼等に払われたらしい。

ガードの正体はあくまで善意の第三者。

彼等の一人が亡くなった成田さんの知り合いだったで通したらしい。

完璧《かんぺき》に思える計画だが、一つだけ気になることがあった。

山川さんの扱いだ。

彼はアメリカ人ではないし、こうなってしまった以上向こうの会社もあの人を引き取ってはくれないだろう。

本音を言えば、彼を殺人罪か殺人幇助《ほうじょ》で警察に突き出してやりたかった。

事件を表沙汰にさせないためとはいえ、あの男が無傷でいることは許せなかった。

その怒りをぶつけると、彼はやはり『大丈夫』と答えた。

「逃がしてやった」

「どうして？」

「それが罰だからさ」

金を与え、偽造のパスポートを用意し、山川さんに言ったらしい。

お前の殺人の証拠はある。

アメリカの会社の連中は、お前が先走った単独犯だと言っている（それが本当かどうかは怪しいが…）。

だが罪を犯しても何も得られなかったのは可哀想だ。だからこれで逃げるといい、と。

その罰の苛酷《かこく》さは、俺にも想像がついた。

彼はもう日本には戻れない。

偽造のパスポートを使うこと自体が明白な罪だから。

いつか自分に捜査の手が及ぶことを恐れながら、わずかな逃亡資金だけを頼りに、生活習慣も言語も違う国でこれから一生生き続けるなんて…。

華やかな生活を追って罪を犯した彼には地獄だろう。

それとは全然別のところで、非合法の銃とか、偽造パスポートを用意出来た東城さんを思うと、ひょっとしてまだ正体を聞いていない父親はそっちの人なんじゃないだろうかと想像してしまった。

全てが白日の下に…ではないけれど、これで全てが終わりだ。

これから、自分にはまたいつもの生活が戻る。

仮病と誘拐で一日、疲労で一日、都合二日も取ってしまった休み明け、俺は何とか重い身体にムチ打って出社した。

既に山川さんからは辞表が送られてきていて、会社は大騒ぎだったが、それ以上の騒ぎを起こしたのは、俺が持ち込んだディスクだった。

「これ、一昨日届いたんです」

部長と小林さんの前に並べる、破れた封筒と、東城さんに宛てた手紙と、B．D．と書かれたディスク。

二人で話し合った結果、俺達はこの件に関しては何一つ偽ることなく報告することにした。

「俺の隣人が便利屋だって話は伝えてあったので、それを利用したんでしょう。伝票の文字も、手紙の文字も、警察が調べればすぐに成田さんのものだとわかるはずです」

「どうして今頃《いまごろ》…」

「ここを見てください。配達日が期日指定になっています。成田さんはこれを自分の手元に置かず、宅配会社の倉庫を金庫代わりにしたんでしょう」

「手紙には、自分が取りに行くと書いてあるな…」

「結局、犯人はわからず終《じま》いか…」

二人の無念さはよくわかる。

俺だって、事の真相を知らなければきっとまだ犯人を探そうと躍起になっていただろう。

「俺、このディスクの中身を見ました」

「それで？　中身は何だったんだ？」

「実現可能なら、世紀の発見に繋がるものだと思います。俺達は警察じゃないから、殺人犯は追えないけれど、成田さんのためにも、これを検証して、実現してあげたいと思います」

コンピューターの中でのシミュレーションは研究室での実際とは違う。

あれだけ喜んでいたこの発見も、実際にやってみたらそんな上手くはいかなかったということになるのかも知れない。

それでも、彼が夢見ていた花の種がここにあるのなら、その花を咲かせる努力はしてあげたい。

「…わかった。すぐに解析に入ろう」

「白鳥は怖い思いばかりして、何にも得るものはなかったな」

「そんなことないですよ。これを発表すれば、俺の疑いも晴れるし、もう俺の部屋に侵入しようなんて人もいなくなりますから。俺には平穏な日々が戻って来ます」

「…まあ、社長賞とは言わんが、今回のことで迷惑を被ったんだ。少し休みが取れるようには進言してやろう」

「はい」

人は誰も夢を見る。

実現不可能だと思われることにほど恋い焦がれる。

成田さんは新しい発見に、山川さんは新しい職場に、夢を馳《は》せたのだろう。

咲くかどうかわからない夢の花。

二人はそれぞれの理由でその花が咲き誇るのを見ることも、手に入れることも出来なかったが、俺は違う。

この大事件を終えて、俺は俺だけのブルーダリアを手に入れた。

暫くして周囲が落ち着いたら、俺は伯父さんにあの部屋を改築する許可を取るつもりだ。

何だか身辺アヤシイ東城さんが、自分と親しくしてるのをあまり知られない方がいいだろうというので、秘密の花園を持つことに決めたのだ。

その決意を語った時、彼は咥えていたタバコを落としそうになりながら、相変わらずお前は変なところが大胆だなと驚いたけど、きっとこれが一番いい方法だと思う。

周囲に知られたら、あんな事件があったから用心のためだという言い訳も用意してあるから問題はない。

会社から帰ると、俺はマンションの自分の部屋のドアを開け、着替えを済ませてから秘密の花園へ向かうだろう。

隣室との壁をブチ抜いて造った、秘密の扉をくぐって。

そしてそこには、俺のブルーダリアが待っているのだ。

「よう、来たか」

タバコの匂いに包まれた、ちょっと野性的な幻の花が。

そしてその花に口づける自分自身が、恋人にとっての咲き誇る青い花になる。

遠くはない、未来に…。

おまけ

全てが終わって、俺《おれ》にはまた平穏な日々が戻ってきた。

仕事も楽しく、適度に休息と余暇を満喫する。

そして何より、隣に住む片想いの相手が恋人となったので、毎日のように彼の部屋を訪れ、一緒に食事をしたり二人で時間を過ごした。

楽しみにしていた東城《とうぎ》さんの部屋と自分の部屋とを繋《つな》ぐ新しいドアも開通し、誰《だれ》にも見られず彼の部屋に行き放題なので。

平穏無事っていいことだなぁ、と実感する。

でも、忘れてはいけないこともある。世界に二人だけしかいないわけじゃないってこと。

「日曜にどっかでかけるか？」

生い立ちの複雑さから、二人が親しく付き合ってることはあまり周囲に知られない方がいいと言っていた彼からの誘い。

「ごめんなさい、その日はちょっと用事が…」

それを断らなくてはならないのも、人生のしがらみというヤツだ。

「謝ることはないだろ。まあそういう時もあるさ」

「でも来週なら空けるから。絶対来週の日曜はデートしましょう」

「そんなに勢い込まんでも」

彼は笑ってくれたけれど、自分は残念でたまらない。

もしその用事が大したものでなければ、俺は絶対東城さんの方を優先しただろう。でも、その日は何とか頑張って乗り切らなければならない用事があったのだ。

「夜までに用事が終わったら、夕飯は一緒に食べてくれます？」

「ああ、いいぜ」

俺には彼以外にも大切にしなければならない人がいて、彼等を無視して生活を送ることなんて出来なかったから。

そのしがらみを切ることは、今の俺にはまだ考えられないことだったから。

日曜日の用事。

それは例の事件が新聞沙汰《ざた》になったのに、連絡もしなかった俺を心配して、従兄弟《いとこ》の卓也《たくや》さんが俺の様子を見に来ることになったというものだ。

俺は早くに両親を亡くしたけれど、祖父母を含め親戚《しんせき》一同にはとても親切にされ、愛されていた。

だから、部屋に入るなり今回のことはどういうことだと叱《しか》る卓也さんに、俺は切々と説明を繰り返した。

卓也さんはこのマンションを貸してくれている伯父《おじ》さんの長男。もしもここにいるのが危険だと彼の口から報告されてしまったら、俺はここから引っ越せと言われてしまうかも知れない。

そうなればせっかくドアを繋いだのに東城さんと距離が離れてしまう。

「唯南《ただなみ》」

事件があった時にどうしてすぐ連絡しなかったのか。

隣人を頼るくらいならどうして家に戻って来なかった。

ドロボウが入ったということすら相談して来なかっただろう。

子供の頃から実の兄のように世話をやいてくれた、俺より一回りも身体の大きい卓也さんに叱られると、身も縮む思いだ。

けれど、ここで頑張《がんば》らなくては伯父さん家送りだと思うと、おとなしくなんかしていられなかった。

事件は仕事がらみだったから、外部に知らせることが出来なかったこと。

隣人と言っても、結局は関係者になったのだし、他人ではない。

ドロボウのことは警察には届けたし、年寄りに知られて心配をかける方が迷惑だと思ったのだと。

「それにしたって、一度くらい電話を入れるべきだろう。せめて俺にくらい」

「ごめんなさい…」

心配してくれるのはわかっていた。だから言い訳はしても反抗は出来ない。

「だいたいお前は昔から俺達を頼らなさすぎる」

そしてまた一からお説教の繰り返し。

「わかってるのか？」

「はい。ごめんなさい」

朝一番から来訪を受けて、結局お小言が終わったのは、もう夕方だった。

「お前の言いたいことはわかったし、今日のところはこれで帰るが、今度一度家にも顔を出しなさい。さもないと年寄りどもが一人暮らしなんか許せないって言い出すぞ」

「そんな。伯父さん家からじゃ会社遠すぎるよ」

「だったらちゃんと日ごろから小まめに連絡入れて、顔出ししろ」

「…はい」

「あ、下まで送るよ」

従兄弟は好き。

伯父さん達も祖父母も好き。

でも今の自分には彼等《かれら》よりもっと好きな人がいるのだから仕方がない。

みんなの心配や気遣いを踏み躙《にじ》っても、俺はここにいたいのだ。

卓也さんとエレベーターで階下に降りながら、俺は心の中で一杯謝罪した。

心配かけてごめんなさい、折角の申し出を断ってごめんなさい、恋人が出来た事をまだ報告出来なくてごめんなさい。秘密をいっぱい作ってごめんなさい。

「もうここでいい。あとは通りに出てタクシーでも拾うから」

「はい」

俺の心を知ってか知らずか、卓也さんは俺を抱き締めると小さくタメ息をついた。

「もう一度言うぞ。今度は一番に俺に連絡入れろ。親父達《おやじ》に知られたくないことなら、俺の胸一つで収めといてやるから」

「ん…」

「みんなお前のことが大切なんだ。愛してるんだからな」

「俺も愛してるよ」

身体を離した時、目の端に黒い影が過った。

やだな、マンションの住人に抱き合ってるとこ、見られちゃったかな。いい歳して恥《は》ずかしい。

「来週は家へ来るんだぞ」

「し…、仕事がなければ」

「それがダメなら、電話を入れなさい」

「はい」

去ってゆく従兄弟に、その姿が見えなくなるまで手を振って見送った。

ごめんなさい、恋に生きる俺を許して、と。

それから、その言葉通りに俺は真っすぐ自分の部屋ではなく、その隣の部屋へ向かい、チャイムを押した。

「東城さん」

ドアを開けてくれる咥えタバコの愛《いと》しい人が、いつものように笑って『よう』と…。

「何だ？」

言ってくれなかった。

「あの…、用事が終わったので、今から一緒にいちゃダメかな、と思って…」

心なしかその表情も堅い。

ひょっとして、仕事中か何かだったんだろうか？

「後にした方がいいですか？」

「いや、いい。入れ」

迎え入れられても、何となく気まずい感じ。どうしてだろう？

「お前、今日の都合って来客か？」

「あ、はい」

「誰が来た」

「従兄弟です。伯父さん達が事件のこと知って、心配してくれて、様子を見に…」

「従兄弟にしちゃ、あんまり似てねぇな」

「そうなんです。卓也さん、スポーツマンだから」

あれ…？

「卓也さんのこと、知ってるんですか？」

「下で見た。気づいてなかったのか」

下って…。

「あ」

さっき卓也さんと抱き合ってる時に横を過ぎた人影って、東城さんだったのか？

ってことは、この不機嫌さはまさか…。

「ひょっとして…、東城さんヤキモチ妬いたんですか？」

言った途端、彼の目がジロリとこちらを睨む。

「あ、いえ。そんなことはないとは思うんですけど。ほら、俺、自分が東城さんとお母さんのこと誤解したから、そんなこともあるのかなあ、なんて」

慌てて発言を打ち消す俺の首に、逞しい腕が絡み、引き寄せられる。

「妬いたよ」

「…え？」

「人目もはばからず、他の男と抱き合ったり愛してるとか言うな」

うわ、どうしよう。

「抱き合ってたんじゃなくて、ちょっと引き寄せられただけで、愛してるっていうのは家族愛で…」

凄《すご》く嬉しい。

「お前がそのつもりでも、相手がそうじゃないってこともあるだろう」

いつもあまり表情の読み取れない彼か、はっきり嫉妬《しっと》したって言ってくれるなんて。

「まさか、卓也さんは本当に従兄弟なんですよ」

「従兄弟だから、お前の良さがわかってるだろ。白鳥はそういうところが無防備だから、心配だ」

そのまま引きずり込まれるように一緒のソファに掛けさせられる。

勢い、彼の膝《ひざ》の上に腰を下ろす形になって、俺の気持ちは更に昂揚《こうよう》した。

「誰が俺のことを好きでも、俺が好きなのは東城さんだけですから、関係ないです」

「従兄弟が迫っても?」

「そんなことあり得ませんけど、もしそうなっても断ります。好きな人がいるって」

近くで吐き出されるタバコの煙が鼻につく。

それが彼の匂いだと思っても、この近さではちょっと辛い。

「なら、もう二度と他の男に愛してるって言うな」

でも、俺はそれも我慢してしまう。

だって、こんな可愛《かわい》い東城さんが見られたのだもの。たかがタバコの煙くらい何でもない。

「はい」

心の中で、俺は遠く離れた家族にもう一度謝罪した。

愛されてるってわかってるけど、それに応えたいって思うけど。今だってみんなが大好きなのに変わりはないのだけれど、…ごめんなさい。

これから俺はその言葉をあなた達にあげられなくなるでしょう。

「それって、独占欲ですか？」

「そうだ」

だって、ちょっと子供っぽく頷くこの人が、俺の一番だから。

「お前は俺のもんなんだ。あんな従兄弟に渡せるか」

可愛いヤキモチを口にする、この大きな男についてゆく決心をしてしまった俺を許してください。

「ん…」

あなた達の優しい手よりも、タバコの匂いの残る口づけの方が欲しいから。

恋に身を委ねることが日常となってしまった俺を、どうか許してください、と。

おまけキャララフ

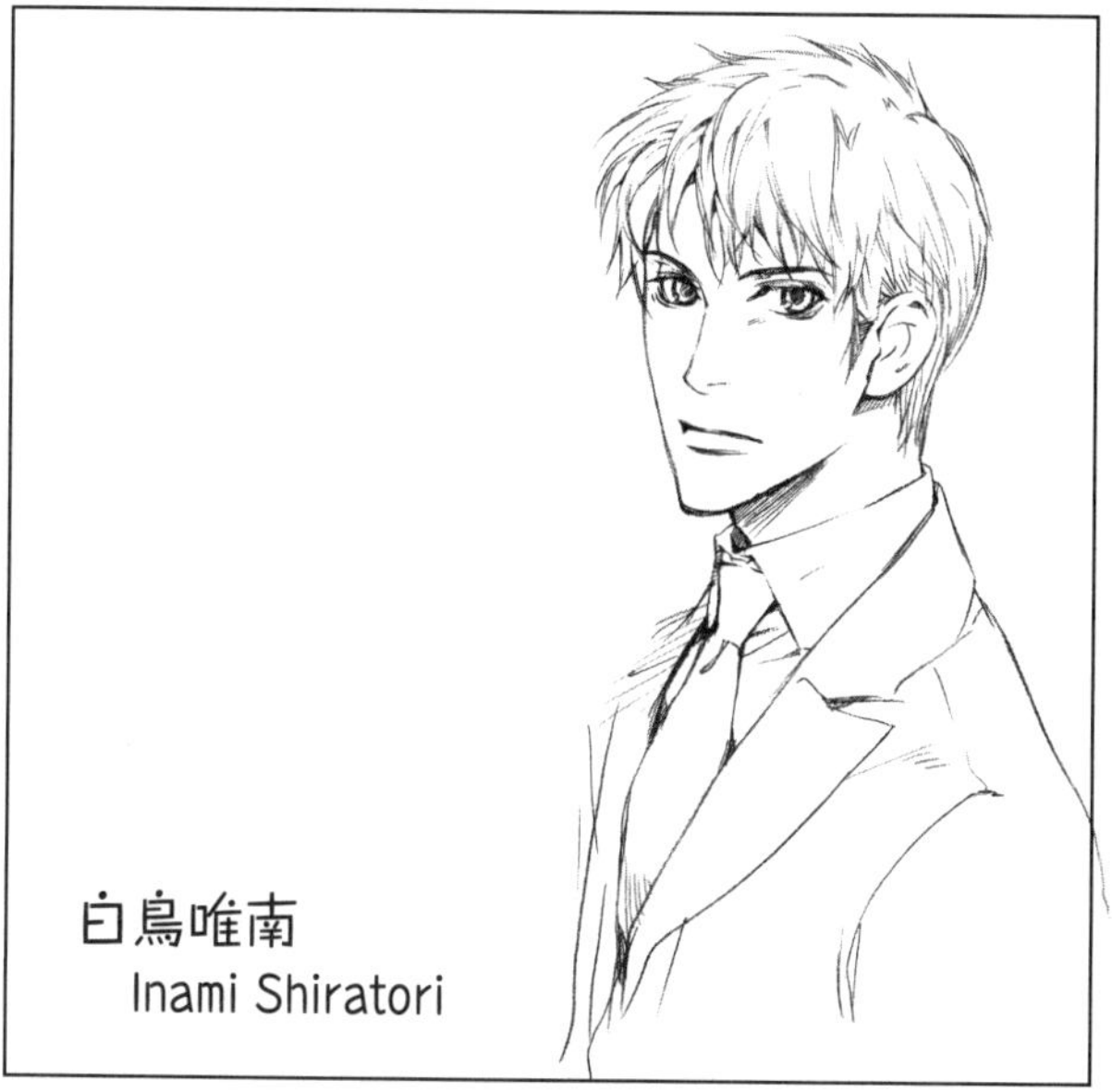
白鳥唯南
Inami Shiratori

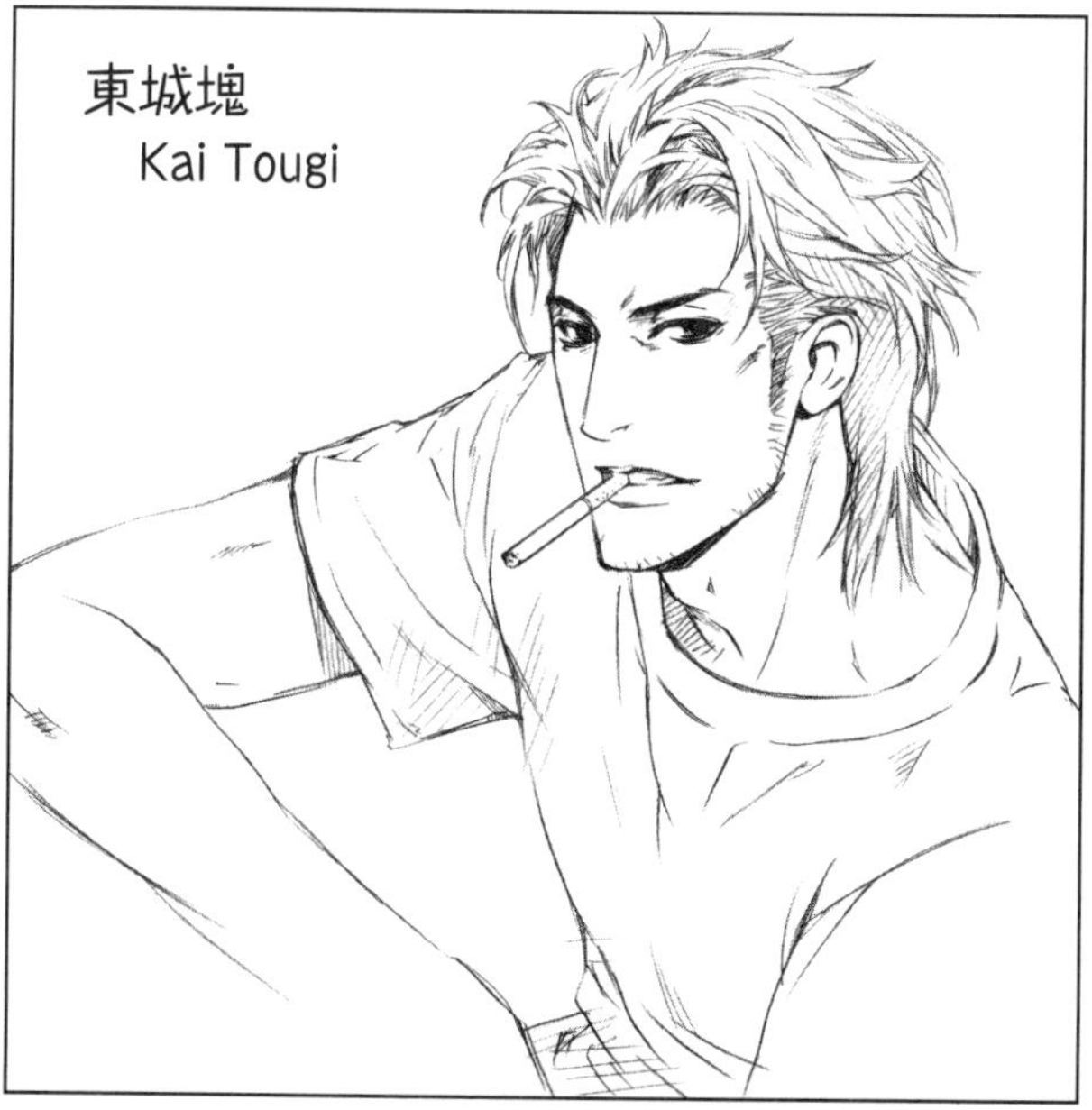
東城塊
Kai Tougi

あとがき

初めまして、もしくはお久しぶりです。火崎勇《ひざきゆう》です。

この度は『ブルーダリア』をお手にとっていただき、ありがとうございます。

そして、イラストの佐々木久美子《ささきくみこ》様、素敵なイラストありがとうございます。担当のO様、お世話になりました。そしてお二方共、この度は本当に色々ご迷惑をおかけいたしました。心から謝罪します、ごめんなさい…。


さて、このお話、いかがでしたでしょうか？

実は火崎はちょっぴり心残りです。何故《なぜ》って、もっとアクションシーンが書きたかった、もっと甘い時間を書きたかった。

そう、書き足りなかったのです。

書き終わった後も、これからこの二人がもっと事件に巻き込まれたり、主に白鳥《しらとり》が危険な目に遭って、東城《とうぎ》が助けにきたりなんてのもいっぱい考えました。

ありがちだけど、アブナイ関係の人に白鳥が見初められて、拉致《らち》られて、颯爽《さっそう》と東城が…、なんていいじゃないですか。

あとがき

東城が行方不明になって、白鳥が捜し回るなんてのも悪くないかも。

東城のお父さんや、白鳥の伯父《おじ》さん達の設定もあるんですよ。

オマケとして書いたショートショートについ遊び心で出した従兄弟《いとこ》の存在も、今となっては面白いかも…、と思ってます。東城の悪い予感が当たって、二人が衝突したりとかね。

東城は強面《こわもて》で、揺れることなんてないように思いますが、生い立ちから実は愛情に対して懐疑的っていうのも悪くないなぁ。だから白鳥とケンカしちゃったり、とか。

もっとも、最後はもちろんラブラブで終わるんですが。

皆様の心の中で、これからも二人が色々動いてくれるといいなあと思っています。

書き終わった後にお話に、ああすればよかった、こうすればよかったと言うのは未熟者ですが、それもまた気に入った故と思ってください。楽しんで書きました。その点では満足してます。

これが自己満足でなければ、と心配はしておりますが…。(笑)

ちなみに、『ブルーダリア』の意味はちゃんと辞書にも載ってます。同意で『ブルーローズ』もあるのですが、それだとすぐにネタバレしそうなので、こっちにしました。

さて、そろそろ時間となりました。

またどこかでお会いする日を楽しみに。今回はこれにて…。

この本を読んでの
ご意見・ご感想を
お寄せ下さい。

〒151-0051
東京都渋谷区千駄ヶ谷4-9-7
(株)幻冬舎コミックス　小説リンクス編集部
「火崎勇《ひざきゆう》先生」係／「佐々木久美子《ささきくみこ》先生」係

リンクス ロマンス

ブルーダリア

2007年7月31日　第1刷発行

著者……………火崎《ひざき》　勇《ゆう》
発行人…………伊藤嘉彦
発行元…………株式会社　幻冬舎コミックス
〒151-0051　東京都渋谷区千駄ヶ谷4-9-7
TEL 03-5411-6431（編集）
発売元…………株式会社　幻冬舎
〒151-0051　東京都渋谷区千駄ヶ谷4-9-7
TEL 03-5411-6222（営業）
振替00120-8-767643
印刷・製本所…図書印刷株式会社
検印廃止

ISBN978-4-344-81051-8 C0293
Printed in Japan

幻冬舎コミックスホームページ　http://www.gentosha-comics.net